U0114722

崔曉光 主編

# 繪圖成語 365

商務印書館

本書由商務印書館授權出版

## 繪圖成語365

主　　編：崔曉光

編 繪 者：仲　秋　高　吉　蔣豔春　等

責任編輯：鄒淑樺

封面設計：涂　慧

出　　版：商務印書館（香港）有限公司
　　　　　香港筲箕灣耀興道 3 號東滙廣場 8 樓
　　　　　http://www.commercialpress.com.hk

發　　行：香港聯合書刊物流有限公司
　　　　　香港新界荃灣德士古道 220–248 號荃灣工業中心 16 樓

印　　刷：中華商務彩色印刷有限公司
　　　　　香港新界大埔汀麗路 36 號中華商務印刷大廈 14 字樓

版　　次：2023 年 3 月第 1 版第 4 次印刷
　　　　　© 2016 商務印書館（香港）有限公司
　　　　　ISBN 978 962 07 0437 6
　　　　　Printed in Hong Kong

# 出版説明

　　中國成語源遠流長，廣泛應用在日常語言生活當中，是漢語詞彙的重要組成部分。成語大致可分為"語典"和"事典"兩類，"語典"類指改變前人用語，但前人語意不變的成語；"事典"類指引用古代故事或出自某人生平故事的成語。

　　《繪圖成語365》擇取有故事、有人物的"事典"，從歷史史實、古代戰爭的記述、民間口頭流傳的各類故事中篩選具有豐富的歷史知識和強烈的文學色彩的成語故事，用精煉的文字表述，以活潑的漫畫表現。本書每頁解釋一條成語，以圖文講述一個完整的成語故事；每個成語條目配有釋義，個別難解字詞加以註釋。另外，為了增加閱讀趣味，針對成語詞條的用字還設計了字謎，附在每頁成語故事一側。字謎的謎底都是常用字，匯總附在書後，有興趣的讀者可以對照參考書後附錄。

　　原書共709則成語故事，編繪者為高吉、蔣豔春、李崇武、李健、劉玲、呂鴻群、呂霞、呂延春、馬菁海、米海兵、秦紅波、秦前、宋成勇、蘇凝、吳蔣明源、吳錫軍、楊野、張靜、張世憲、張書信、張新華、仲秋、周喜悦。本書從中精心挑選了日常使用頻率高的365個成語，期望一年365天，每天一個成語故事，輕鬆自在，成為讀者的良師益友。

商務印書館編輯部

# 目　錄

# 一不做，二不休

休：停止。指不做則已，要做就做到底。

① 唐朝德宗年間，朱泚帶着部將張光晟一起反叛朝廷。

② 當朱泚攻打奉天時，張光晟卻反戈殺了朱泚。

③ 原來，張光晟以為能將功抵罪，免去死刑，殊不知，還是被朝廷判了死刑。

④ 臨刑前，張光晟很懊悔，他說："第一莫做，第二莫休！"

# 一日千里

一日能行千里。原形容馬跑得快。現比喻進展迅速。

① 東漢時期的王允，是個很要強的人，年輕時每日習文練武，十分刻苦。

幾年不見，當刮目相看！

② 幾年後，有個同鄉叫郭林宗，見王允今非昔比，十分驚訝。

一日千里。千里馬常有而王允不常有啊！

③ 郭林宗讚歎王允的進步就像一匹好馬日行千里一樣，將來必成大業。

④ 果然，王允終於成為一名對國家有用的棟樑之材，官至司徒。

# 一毛不拔

一根汗毛也不肯拔。比喻極其自私吝嗇。

謎語：拓跋氏先後興（拓跋氏：古部族名）

① 戰國時期，各種思想流派並存，百家爭鳴，各不相讓。

② 墨子主張大家互助，楊朱主張一切為自己。

③ 一次，墨子的學生禽滑釐問楊朱。

④ 楊朱大怒："胡扯！無稽之談！就是真的，我也一毛不拔！"

# 一目十行

看書時，一眼能看十行字。形容閱讀速度極快。

① 南朝梁武帝的三兒子蕭綱六歲就能寫詩作文。

② 梁武帝不大相信，在御前面試，結果文辭甚美。

③ 蕭綱讀書速度極快，可做到一目十行，過目不忘。

④ 十一歲時，便能獨立處事。後來被任命為宣惠將軍。

# 一字千金

一個字價值千金。形容文辭或書法作品價值極高。

朝中官員都不服我。

我等門客可替丞相著書立說，揚播美名。

① 商人呂不韋通過政治投機，當上了秦國丞相，但他的政治威望並不高。

此書包括了天地萬物，古往今來之事。

就命名為《呂氏春秋》吧。

② 於是呂不韋聽從門客的建議，組織手下的門客，匯集先秦各派學說，編成一部二十餘萬言的巨著。

如有人能在書中增一字或減一字，賞賜千金。

哇，一字千金呀！

③ 呂不韋讓人把這部書放在咸陽都城門上，並在城門上懸掛千金。

說"一字千金"，其實是說這部書一字都不能改動。

④ 人們因畏懼呂不韋的權勢，佈告雖然貼出，但也沒人去自討沒趣。

# 一見鍾情

鍾情：感情專注，多指愛情。指男女一見面就產生了愛慕之情。

① 漢武帝時期，司馬相如孤身一人，生活很寒酸。

② 一次，司馬相如被邀到當地首富卓王孫家做客。

③ 卓王孫女兒文君貌美無雙，對司馬相如一見鍾情。

④ 司馬相如彈一曲《鳳求凰》表達愛慕之情。

⑤ 後來，二人私訂終身而私奔。

# 一廂情願

一廂：單方面。指處理問題時，只管自己單方面願意，
而不考慮對方是否願意，或不考慮客觀條件是否具備。

謎語：狗年生女

① 從前，有個愚蠢的人，遇事不考慮自己的實際
情況，總按自己的主觀臆想行事。

② 有一次，他到京城遊玩，偶然看到了公主貌
若天仙。

③ 他竟異想天開地想與公主結婚。

④ 從此，他朝思暮想，寢食難安，竟害上了相
思病。

# 一筆勾銷

勾銷：取消，抹掉。指把賬一筆抹去。比喻不再提往事或把一切全部取消。

謎語：摘下金鈎

① 北宋時期，范仲淹擔任參政，他着眼於整頓官吏隊伍。

② 他先是核查各州官吏名冊，每看到有不稱職的官吏，就將其名一筆勾之，革了他的職。

③ 樞密使富弼對范仲淹説："你只管一勾了事，可是被革職的官吏一家會因此而悲哭。"

他一家哭，總比百姓都哭好些吧！

④ 范仲淹給了鏗鏘有力的回答。

# 一絲不苟

苟：馬虎，隨便。形容做事認真細緻，絲毫不馬虎。

謎語：一川橫貫，雙峰倒映

① 明朝皇帝下令禁止殺牛，並嚴肅處置違反命令者。

② 然而有一天，竟然有人給知縣湯奉送來牛肉！

③ 湯奉一時不知道如何應對，便問師爺該如何處理。

④ 師爺說："你應該把送牛肉的抓起來，並貼上告示大肆宣傳。皇上見你辦事一絲不苟，一定會提拔你的。"

# 一意孤行

指不聽勸告，固執地堅持按自己的意願行事。

① 西漢時期，趙禹受漢武帝賞識，升至太中大夫，負責制定國家法律。

② 許多官員都希望趙禹能手下留情，把法律修訂得有迴旋餘地。

③ 官員們帶了重禮來到趙禹家，趙禹硬是把禮退還。

④ 人們這才真正感到趙禹是個極為廉潔正直的人。

# 一鼓作氣

鼓：敲戰鼓。作：振作。氣：勇氣，士氣。擂第一通戰鼓以振作士氣。後比喻趁勢一口氣把事情做完。

齊軍已擂鼓衝鋒，我軍為何不擂鼓迎戰？

主公別急。

① 春秋時期，強大的齊國出兵侵犯魯國，魯莊公和曹劌帶領大軍與齊軍擺下陣勢，卻不迎戰。

現在可以擂鼓衝鋒了！

② 等齊軍擂過三次鼓後，曹劌才發令擂鼓，向齊軍發起衝鋒。

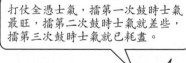

打仗全憑士氣，擂第一次鼓時士氣最旺，擂第二次鼓時士氣就差些，擂第三次鼓時士氣就已耗盡。

③ 戰鬥結束後，魯莊公問曹劌為何要等齊軍擂過三次鼓才發衝鋒。

當敵軍士氣耗盡時，我軍卻士氣旺盛，就能一鼓作氣戰勝敵人！

④ 魯莊公對曹劌的回答連連稱讚。

# 一網打盡

本指捕魚或獵獸時張開羅網，全部捕獲。後比喻全部抓住或消滅。

謎語：月長日短，年初冬殘

① 北宋蘇舜欽為人正直。

② 他在朝廷上批評因循守舊的宰相呂夷簡。

③ 劉元瑜為了討好呂夷簡，於是誣告蘇舜欽。結果蘇舜欽被免職，親友也受牽連。

④ 劉元瑜得意洋洋地向呂夷簡邀功。

我幫你把他們一網打盡了。

# 一鳴驚人

指不叫便罷，一叫則使人震驚。比喻平時沒有甚麼特別的表現，一下子做出了驚人的事情。前面常加“不鳴則已”連用。

① 戰國時期，齊威王繼位三年，卻整天沉迷酒色，導致齊國即將走向瀕臨滅亡的邊緣。

② 於是大臣淳于髡決心改變這種局面。

聽說本國有隻大鳥，棲息在宮中三年時間，不飛也不叫，您知道這是甚麼鳥嗎？

③ 淳于髡向齊威王提出一個問題。

此鳥不飛則已，一飛衝天；不鳴則已，一鳴驚人！

④ 齊威王明白淳于髡的用意，從此開始治理國家。

# 一箭雙雕

雕：一種猛禽。發一箭射中兩隻雕。形容箭術高明。比喻做一件事達到兩方面目的。

① 南北朝時期，北周的長孫晟善於射箭。

② 一次，他護送公主來到突厥成婚。突厥國王非常器重他，把他留了下來。

③ 一次，突厥國王邀他打獵，忽然看見天空中有兩隻大雕在爭一塊肉。

④ 國王給了他兩支箭，請他射取。因兩雕相擾，所以長孫晟拉弓只射出一支箭，兩隻雕都應聲落地。

⑤ 突厥國王稱讚道："一箭雙雕，果然名不虛傳。"

# 一諾千金

諾：諾言。一聲承諾，價值千金。比喻說話算數，極守信用。

謎語：無心惹出話來

① 楚漢相爭，人們都說楚國的季布很講義氣。

② 季布多次率楚軍擊敗漢軍，為此，劉邦十分惱火。

③ 劉邦統一天下後，懸賞捉拿了季布，但卻赦免了他的罪。

④ 季布後來官至河東郡太守，一諾千金、剛直守信的性格始終沒變。

# 一舉兩得

舉：舉動，行動。指做一件事可以得到兩個方面的好處。

① 春秋時期，魯國有個叫卞莊子的人，勇猛無比。

② 一天，兩隻老虎在爭鬥。

③ 卞莊子要上前打虎，被一老者勸阻。

現在上去很危險。

④ 老者說："等牠們兩敗俱傷你再上去，不就一舉兩得了嗎？"

⑤ 依老者所說，卞莊子輕鬆地打死了兩隻老虎。

# 一竅不通

竅:孔穴;特指心竅、心智。心竅不通,比喻甚麼也不懂。

① 商紂王殘暴無道,整日在宮中花天酒地,聽信妲己的讒言濫殺無辜。

② 他的叔父比干冒死勸諫,結果卻引起紂王大怒。

③ 紂王一怒之下,不但殺死了比干,還挖出了他的心看看有幾竅。

④ 後來,孔子評論此事:紂王身上七竅若只要有一竅通,就不會殺死比干。

# 一籌莫展

籌：計策、辦法。展：施展。一點兒辦法也拿不出來。

謎語：用足一碾

要實話實説！

① 南宋校書郎蔡幼學是一個飽學而敢説話的人。

② 宋寧宗即位後，為了鞏固其統治，要求大臣們直言不諱地提意見。

③ 蔡幼學也認為，要當一個好皇帝，就必須任用賢能，對百姓寬厚。

④ 他反對"多士盈庭而一籌不吐"的局面，建議皇帝重用天下的仁人志士。

# 一鱗半爪

原指龍在雲中，東露一鱗，西露半爪，使人難見全貌。
後比喻事物支離破碎，殘缺不全。

謎語：三乘七

① 唐朝詩人白居易請劉禹錫等好友做客，並賦詩飲酒助雅興。

② 劉禹錫是位飽經風霜的政治家，他寫的《西塞山懷古》很快躍然紙上。

③ 劉禹錫的詩含蘊無窮，寫出了他的悲傷情調和對社會變遷的傷感。

④ 其他好友也說："我們快把詩稿藏起來，不必再獻醜了。"

# 人為刀俎，我為魚肉

人：他人。刀俎：刀和砧板。人家是刀和砧板，我是被宰割的魚和肉。比喻別人掌握生殺大權，而自己處於任人宰割的境地。

謎語：且待二人歸

① 楚漢相爭，項羽駐軍鴻門準備攻打劉邦。劉邦到鴻門向項羽說明情況，於是項羽假意在鴻門設宴宴請劉邦。

② 果然在宴會上，項羽的部將項莊以舞劍助興為由，想乘機刺殺劉邦。

③ 劉邦見情勢危急，借故上廁所，喚來謀士張良和勇士樊噲商量如何脫身。

④ 劉邦覺得樊噲講得有理，便留下張良向項羽辭謝，自己帶其他人悄悄逃走了。

# 人浮於事

浮：超過，多餘。原指人的職位超過其所得的俸祿。現指工作人員的數目超過工作的需要，即人多事少。

① 清朝時期，有位廣西官員叫李參戎，奉兩廣總督之命，前往廣東當官。

② 李參戎來到廣東後，才知道兩廣總督昨日暴病身亡，於是他就去見新總督。

③ 李參戎只好垂頭喪氣地回到廣西，見廣西巡撫吳方伯。

④ 當李參戎又回到廣東，新總督還是拒絕了他。

21

# 八仙過海

八仙：指民間傳說中的八位神仙，即漢鍾離、張果老、韓湘子、鐵拐李、呂洞賓、曹國舅、藍采和、何仙姑。據傳，八仙過海不用船，各憑各的法術。現比喻在從事某種共同的事業中，各自拿出一套本領或辦法，相互競爭。常與"各顯其能"或"各顯神通"連用。

① 傳說古時候有八位神仙，他們一同從王母蟠桃會返回。

② 途經東海時只見巨浪洶湧，呂洞賓建議大家都乘自己的寶物過海。

③ 鐵拐李用鐵拐、韓湘子用花籃、藍采和用拍板、張果老用紙驢、漢鍾離用拂塵、何仙姑用竹罩、呂洞賓用簫管、曹國舅用玉板。

④ 八位神仙各自乘在自己的寶物上追風逐浪，渡過了東海。

# 力不從心

從：依從。心裏想做但力量不夠。

① 東漢班超出使西域三十年，建立了卓越的功勳。

② 班超近七十歲時，上書漢和帝要求告老還鄉，可漢和帝不允。

③ 沒辦法，班超的妹妹班昭上書和帝，說哥哥年邁，如有戰事則力不從心。漢和帝終於被說服了。

④ 於是漢和帝召回班超，可班超回到洛陽僅一個月就病故了。

# 三令五申

令：命令。申：說明，申明。指多次命令，反覆說明和告誡。

謎語：該人已退伍

聽說你很有軍事才能，操練女兵如何？

沒問題！

① 春秋時期，孫武帶着自己寫的兵法書來到吳國。

② 吳王想看看孫武是否真的有軍事才能，於是召集了宮中的婦女，讓孫武訓練。

嚴肅點，軍中無戲言。向左轉！向右轉！

嘿嘿嘿！

假正經。

③ 宮中婦女不容易訓練，儘管孫武三令五申，女兵們依然嘻嘻哈哈。

不聽指揮者，斬！

哎呀！來真格的了。

④ 無奈之下，孫武亮出了指揮刀。

這孫武要跟咱玩兒命了，再不好好練恐怕就死定了。

⑤ 在孫武的一再督促下，女兵們終於開始操練起來了。

# 三顧茅廬

顧：看望，拜訪。茅廬：茅草屋。比喻真心實意地一再邀請。

謎語：苗上蝨蟲已消

減

① 三國時期，求賢若渴的劉備帶關羽、張飛到臥龍崗請諸葛亮出山。

② 第二年春，劉備兄弟三人再次來到臥龍崗。

③ 諸葛亮向劉備分析天下形勢，劉備聽了更加佩服諸葛亮的才學。

④ 劉備懇請諸葛亮出山，輔佐他成就安定天下的大業，諸葛亮非常感動就答應了。

# 上下其手

比喻暗中勾結，玩弄手法，串通作弊。

① 春秋時期，楚國攻打鄭國，鄭國守將皇頡被穿封戌所捉，公子圍想佔領功勞。

② 伯州犁偏袒公子圍，在叫俘虜皇頡做證時，高舉一隻手指着公子圍說："這位是公子圍，我們國君的寵弟。"

③ 然後把手放下，指着穿封戌說："這位是穿封戌，一個縣尹。"又問："是誰捉到你的？"

④ 皇頡明白了其中的用意，便撒謊說："是公子圍！"

26

# 亡羊補牢

亡：丟失，走失。牢：牲口圈。羊跑丟了，再去修補羊圈。
比喻出了差錯後及時糾正補救還來得及。也指出了差錯
以後才想起補救，為時已晚。

謎語：家中賣豬又買　　牛

我沒聽您的話，還把您趕回老家……您看還能拯救楚國嗎？

① 戰國時期，楚王沒聽莊辛的建議，使五座城池被秦國奪去。他很後悔，便重新重用莊辛。

襄王莫愁，有個亡羊補牢的故事……

② 莊辛安慰楚襄王，不要着急，知錯就改是來得及的。他還講了個故事。

您亡羊補牢亦未遲啊！

③ 有個人的羊被狼咬死了一隻，鄰居勸他把羊圈補好，他不聽，結果第二天又被狼咬死了一隻。

如果能好好吸取教訓，我們一定能戰勝秦國！

④ 後來，牧羊人把羊圈補好了，羊就沒再丟過。楚襄王聽了信心滿腹。

# 千里送鵝毛

行千里送鵝毛。比喻禮物雖輕而情意深厚。也作"千里鵝毛"。

① 唐朝時，回紇國派使者緬伯高赴京向皇帝進貢一隻天鵝。一路上，他對天鵝照顧得很周到。

② 途經沔陽湖時，他看見天鵝弄得很髒，就給天鵝洗了個澡。

③ 一不小心，天鵝飛走了，只留下幾根鵝毛。雖然沒有了天鵝，緬伯高還是披星戴月，不辭辛勞地趕到長安。

千里送鵝毛，禮輕情意重。

④ 他把鵝毛獻給皇上，希望皇上能原諒他的過失。唐太宗非但沒有怪罪他，反而覺得他誠實可靠，不辱使命，重賞了他。

# 千鈞一髮

鈞：古代重量單位，一鈞約合當時三十斤。千鈞重的東西繫在一根毛髮上。比喻情況萬分危急。也作"一髮千鈞"。

謎語：勻出一個鐘頭

現在的形勢就好像是一根頭髮吊着千鈞重物。

① 西漢時期，吳王劉濞想要反叛朝廷，他的謀臣枚乘就去勸阻他。

如果上邊斷了就接不上，墜入深淵就取不上來了。

② 枚乘説，這千鈞重物上面懸在沒有盡頭的高處，下邊是無底的深淵。

這種情景就算是再愚蠢的人也知道是極其危險的！

③ 枚乘説，這種情景就是再愚蠢的人也知道是極其危險的。

④ 但劉濞沒採納枚乘的忠告，一意孤行，起兵反叛，最終被朝廷鎮壓。

# 千載難逢

載：年。逢：碰上。一千年也難碰到一次。形容機會極其難得。

謎語：遼東烽火熄

① 安史之亂使唐王朝走向衰落，唐憲宗執政，改革了弊政，加強對朝廷的統治。

② 被貶到潮州的韓愈給憲宗上書，大加讚賞憲宗治國。

③ 韓愈説，歷史上，有傑出貢獻的帝王才有資格上泰山封禪。

④ 韓愈説，封禪典禮隆重嚴肅，是千載一時的難逢盛會。

# 千變萬化

形容變化很多，沒有窮盡。

謎語：寺前僧人去

① 西周時期，周穆王在西行巡狩的途中，遇到一位手藝精巧的技師叫偃師。

② 第二天，偃師帶着他製作的能歌善舞的假人來為穆王表演。

③ 偃師用鼓聲指揮假人唱起歌曲，跳起舞蹈。

④ 周穆王看得眼花繚亂，非常高興。

# 大公無私

全心全意為公，沒有一點私心。也指秉公辦事，毫不偏袒。

解狐最適合做南陽縣令。

解狐不是你仇人嗎？為甚麼要推薦他？

① 春秋時期，晉國國君晉平公問大夫祁黃羊，誰適合做南陽縣令。

您問我誰最適合做縣令，並沒問誰是我的仇人。

我明白了。

② 晉平公便派解狐任南陽縣令。解狐果然很有作為，受到人們讚揚。

祁午適合做軍事長官。

你推薦自己的兒子，不怕別人說閒話？

③ 過了幾天，晉平公又問祁黃羊誰最適合做掌管軍事的官。

您只問我誰適合當軍事長官，並沒問祁午是不是我的兒子。

我明白了。

④ 晉平公便派祁午任軍事長官。結果祁午也幹得不錯。

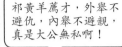

祁黃羊薦才，外舉不避仇，內舉不避親，真是大公無私啊！

⑤ 孔子聽說這兩件事後，便稱讚祁黃羊。

# 大逆不道

逆:叛逆。不道:不符合當時的道德標準。舊指犯上作亂或違反封建道德禮教。現指叛逆而不合正道。

① 秦末,各諸侯推楚懷王為主公,並約定誰先進秦都咸陽誰就為王。

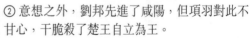

② 意想之外,劉邦先進了咸陽,但項羽對此不甘心,干脆殺了楚王自立為王。

③ 不久,劉邦興兵攻打項羽。有人建議劉邦借義帝被殺這件事討伐項羽。

④ 於是,劉邦借義帝發喪,告訴各路諸侯説:"項羽謀殺義帝,真是大逆不道,我們要討伐他。"

# 大義滅親

大義：正義。親：親屬。為維護正義，對犯罪的親屬不徇私情，使其受到應有的制裁。

① 衛莊公的兒子衛州吁，與大夫石碏的兒子石厚合謀殺害了衛桓公。

② 石碏聽說後，十分憤怒。於是請陳桓公除掉這兩個兇手。

③ 衛州吁和石厚到陳國的時被抓，衛國派人殺了衛州吁，石碏也派人殺了石厚。

④ 石碏殺掉了作孽的兒子，被人們稱作是大義滅親。

# 大器晚成

大器：比喻大才。原指貴重的器物需經長時間的加工才能完成。現比喻卓越的人才須經過長期的磨煉，出大成就或成大事業較晚。

① 東漢末年，曹操的謀士崔琰很受重視，大家很佩服他。

② 他有個堂弟叫崔林，年輕時卻一事無成，親友們都看不起他。

③ 可是崔琰卻很器重他，他常對人説："才能大的人需要長時間才能成器，這就是所説的大器晚成。"

④ 後來，崔林果然成才當上了魏國宰相。

35

# 寸草春暉

寸草：小草。春暉：春天的陽光。小草微薄的心意難以報答春日的恩惠。比喻父母恩情深重，子女報答不盡。

謎語：暈頭轉向

① 唐代詩人孟郊大器晚成，四十六歲時才考中進士。

② 過了四年，孟郊任溧陽縣尉。在溧陽生活的時候，常以作詩為樂，作不出詩就不出門。

③ 他的代表作《遊子吟》就是在當時所作。

④ 詩中寫道："誰言寸草心，報得三春暉。"表達了母子間的深情。

# 小巫見大巫

巫：巫師，舊時以替人祈禱、治病為職業的人。原指小巫師遇到大巫師，因法術不如大巫師高明而捨棄不為。後比喻兩方比較，一方與另一方相差甚遠。

謎語：都沒失業

① 三國時期，張紘和陳琳是同鄉，都善作賦。

② 張紘做了孫權的長史，陳琳效力於曹操。

③ 張紘欣賞陳琳的《武庫賦》、《應機論》，就寫信讚美。

④ 陳琳看後，很謙虛地回了信。他認為自己與張紘、張昭比起來，就如"小巫見大巫，神氣盡矣"。

# 工欲善其事，必先利其器

工：工匠。欲：想要。善：使⋯⋯做好。利：使⋯⋯銳利。
器：工具。工匠要做好他的工作，一定要先使他的工具銳
利好用。比喻要把事情做好，先要具備必要的設備或條件。

謎語：出言荒誕

① 從前，張三和李四都要上山砍柴，但他們的斧頭都有點鈍了。

② 張三沒有理會，拿着斧頭上山了。因斧頭不快，砍的都是一些細枝。

③ 而李四拿了磨刀石，先把斧頭磨好。

④ 李四雖然比張三起步慢了，但他的準備工作做得好，砍柴砍得很快。

⑤ 結果，傍晚張三只背了小小一捆柴下來，而李四則背着一大捆柴回家。

# 不毛之地

不毛：不長草木的地方。形容荒涼、貧瘠、寸草不生的
地方。

謎語：忍心相離

① 春秋末年，楚莊王率軍攻打鄭國，鄭國一面向盟友
晉國求救，一面拚命抵抗。

城內已無可戰之兵、可吃之
糧，我們已堅持不下去了。

② 楚軍圍攻鄭國三個月，晉國救兵遲遲不
到，鄭襄公心急如焚。

我這個沒才能的邊
陲之臣，讓君王屈
尊到我們這小城。

③ 鄭襄公只好打開城門向楚莊王投降。

懇請君王賜我一塊
不毛之地，讓我和
幾個老臣安度晚年。

④ 楚莊王見鄭襄公態度真誠，就答應了他
的要求。

# 不可多得

形容非常稀少，非常難得。

① 東漢末年，孔融向漢獻帝推薦禰衡，稱讚他性情剛直，文才很好，是不可多得的人才。

怎麼我幾次召見，你都不應召？

你又不是皇上。

② 執掌朝廷大權的曹操因此召見禰衡，但禰衡很蔑視曹操，談話間多有譏諷。

③ 曹操十分難堪，就把他送給劉表。劉表又將他派到性情暴烈的江夏太守黃祖處當書記。

你竟敢罵我！把他拉下去斬了！

④ 一次，黃祖在大船上宴請賓客，禰衡和黃祖頂撞了起來，黃祖在盛怒之下將他處死。

# 不求甚解

甚：很，極。解：了解，理解。原指讀書只領會精神要旨，不在一字一句的解釋上多下功夫。後多形容對待工作、學習不認真，不深入。

謎語：一刀砍在牛角上

我好讀書，不求甚解；每有會意，便欣然忘食。

你是真好讀書還是假好讀書？

每當讀書有所領悟時，我就高興得忘了吃飯。

① 東晉詩人陶淵明在自傳《五柳先生傳》中說自己很愛讀書。

② 陶夫人對陶淵明說的"不求甚解"不理解。

③ 陶淵明說自己真的愛好讀書。

你讀書為甚麼不做深刻理解？

夫人誤解了。不求甚解，是不在一字一句的解釋上過分深究。

④ 陶夫人問他為甚麼讀書"不求甚解"。

⑤ 陶淵明說，不求甚解為的是領會書中要指。

41

# 不恥下問

不恥：不以為羞恥。不把向地位比自己低、學問比自己差的人請教認為是可恥的。形容謙虛好學。

謎語：門口相逢

① 春秋時期，孔圉的一些行為不符合"禮"的標準，但死後竟被諡為"文"，這讓子貢感到疑惑。

② 於是子貢向老師孔子請教原因。

③ 孔子告訴子貢，孔圉雖然聰敏且地位高，但不恥下問，這是常人所不及的。

④ 天性聰敏的人大多不愛學習，地位高的人又多以下問為恥。孔圉勤學好問，所以能諡為"文"。

# 不得要領

要領：事物的要點或關鍵。原指沒有了解到真實意圖和取向。後指抓不住事物的要點或關鍵。

謎語：禿髮齒落顯顴齡

① 當西漢朝廷了解到西北方的月氏對匈奴有強烈的仇恨情緒的時候，漢武帝便派張騫去聯合月氏一起攻打匈奴。

② 不幸，張騫在旅途上被匈奴人捉住，扣留了十多年。

③ 但他時刻不忘朝廷交給他的使命，終於設法逃了出來，繼續往西走，最後到達月氏。

④ 但這時的月氏族已經在大夏國安居下來，不再有報復匈奴的念頭了。

⑤ 於是張騫在大夏國居住了一年，然而終究得不到月氏對聯漢抗匈奴的明確態度，就只好獨自回國。

43

# 不堪回首

不堪：不能忍受，不忍心。回首：回頭，引申為回憶。不
忍心再去回憶過去的事情。多用於不愉快或痛苦的事情。
也作"豈堪回首"。

① 南唐皇帝李煜，沉湎於奢侈享樂、歌舞聲色之
中，不理朝政，引起社會的不滿與反抗。

② 其中趙匡胤的軍隊將南唐都城金陵包圍了，
並捉拿李煜做了俘虜。

③ 趙匡胤當上了皇帝，成為了日後的宋太祖，
而李煜被押送至開封，過着囚犯一樣的生活。

④ 他在《虞美人》詞中寫道："小樓昨夜又東風，
故國不堪回首月明中。"回憶往事，痛苦難忍。

# 不寒而慄

寒：冷。慄：打戰，發抖。天不冷身體卻發抖。形容非常害怕。

謎語：塞北冰半消

① 漢武帝時期，酷吏義縱為人兇狠殘暴。

② 他才剛任定襄太守，就下令把二百多名犯人和私自探監的二百餘人抓起來嚴刑審訊。

他們替犯人開脫，罪該萬死。

③ 後來，還把被嚴刑審訊的四百多人全部處死。

殺人魔頭，太……太可怕了。

④ 百姓聽了個個不寒而慄、人人自危。

# 不學無術

不、無：沒有。學：學識，學問。術：技能，本領。既沒有學問，又沒有本領。

① 宋朝初年，寇準當了宰相。

我的好朋友寇準是少有的人才，但是古書名著讀得還不夠多。

② 然而寇準的世交張詠認為，寇準處理一些事情的方法還不太講究。

還望張兄多多給我指教。

《霍光傳》不可不讀呀！

③ 一次，張詠因事順便看望寇準。張詠說的一句話令寇準不解。

原來張兄是說我讀書太少，不學無術啊！

④ 寇準找來《漢書·霍光傳》，當讀到"光不學亡（無）術，暗於大理"，立即認識到了自己的缺點和不足。

# 不翼而飛

不翼：沒長翅膀。沒長翅膀，竟然飛去。比喻東西突然
不見了。也形容消息等流傳迅速。

① 戰國時期，秦昭王派大將軍王稽率軍攻打趙國
都城邯鄲，近一年半也沒攻下。

② 於是士兵莊向王稽獻計，可王稽不接受士兵
莊的意見。

③ 士兵莊還說："所以，眾人的力量是強大的，
你應該賞賜將士們。"王稽就是不聽士兵莊的
意見。

④ 結果幾天之後，秦軍內部發生叛亂，王稽被
秦王處死。

# 中流砥柱

中流：河流的中央。砥柱：砥柱山，立於黃河激流之中。
比喻起支柱作用的人或集體。

謎語：底下鋪磚頭

① 春秋時期，齊國大臣晏子拿出齊景公賞賜的兩個桃子，想讓三位勇士為了爭功而互相殘殺，以防他們今後作亂。於是三位勇士各自為自己評功。

② 公孫接説，自己打死過野豬和老虎。

③ 田開疆説，自己曾兩次打敗過敵人。

④ 古冶子説，自己曾入砥柱之中流，救出國君遇險的馬車。

48

# 中飽私囊

中飽：中間得利。囊：口袋。指經手錢財，從中貪污。

謎語：一包饅頭

① 戰國後期，晉國的執政大臣趙簡子派稅官去收稅。

② 這個時候，有位叫薄疑的人對簡子說：

③ 趙簡子不明白，薄疑繼續解釋說：

④ 簡子聽後非常氣憤，決定整治這些把國家錢財塞進自己口袋的貪官污吏們。

# 五十步笑百步

兩個作戰逃跑的士兵，逃跑了五十步的譏笑逃跑了一百步的。比喻缺點錯誤雖在程度上有所不同，但本質上並無區別。

① 戰國時期，梁惠王雖然仁慈，但常常為一點兒小事就同別國開戰，使許多人死於戰爭。

我對百姓算是盡心盡力了，可為甚麼鄰國百姓不見減少、本國百姓不見增多呢？

比如說，打仗的時候……

② 一次，梁惠王問孟子。

哈！膽小鬼！

③ "同樣是逃兵，跑五十步的嘲笑跑一百步的，對嗎？"

大王與鄰國國王相比，也就是五十步與一百步的區別罷了。

④ 孟子說出了問題的實質，使梁惠王無話可說。

# 井底之蛙

井底下的青蛙，只能看見井口那麼大的一塊天。比喻見識狹隘、目光短淺的人。

① 東海邊一口井裏有隻青蛙。

② 一次來了隻海龜，青蛙向牠誇耀井下之樂。

③ 海龜想下去，可井口太小，牠只能止步。

④ 海龜告訴青蛙東海的情形。

⑤ 青蛙聽了目瞪口呆。

51

# 分庭抗禮

庭：庭院。抗：對等。原指古時賓主相見，站在庭院兩邊，行對等之禮。後比喻雙方平起平坐或相互對立。

謎語：窗前草出芽

① 春秋時期，孔子與弟子在林中彈琴，一個漁翁也來專心傾聽。

他是我的先生，以忠信仁義聞名的孔夫子。

他這樣摧殘心性，危害自己的真性，離大道實在太遠了。

② 曲終，漁翁問彈琴人是誰。

我還沒有聽到過如此高深的教導。

真性就是精誠，一切順其自然。

③ 孔子聽到漁翁對他的批評，於是十分虛心地向老翁請教。

老師您就是與國君諸侯相見時也是分庭抗禮，今天見一個漁翁怎麼這麼謙恭！

他是懂道理的賢士高人，我怎麼敢不尊敬他啊！

④ 漁公說完就登船離去，孔子躬送老翁離去直到不見背影。

# 分道揚鑣

謎語：國內

鑣：馬嚼子。揚鑣：扯動馬嚼子，驅馬前進。指分路而行。
比喻因志趣不同而各奔前程。

我御史中尉的官比你洛陽令大，你應該主動避讓我！

我是洛陽地方官，怎能為你一個住戶讓道？

① 北魏時期，不避權勢的元志曾任都城洛陽令，一次他與御史中尉李彪迎面相向而沒避讓。

我是皇帝近臣，職位比他高，一個縣令哪有資格與我抗衡？

皇帝委派我管洛陽，你在我管轄之內，我怎能給被管的人讓路？

② 兩人爭吵不休，互不相讓，就一同到孝文帝面前評理。

你們兩人都是我的忠臣，而洛陽都城道路寬闊，今後你們可以各走道路的一半，從此分道揚鑣就不用避讓了。

③ 孝文帝允許他們各走道路的一半。

喂，你多畫了半吋。在我的管轄範圍你要聽我的！

我比你官大，你應該服從我。

④ 元志和御史中尉根據孝文帝的旨意，用標尺當面丈量道路，從此各走一半。

# 天之驕子

漢朝時匈奴民族的自稱，即受上天驕縱的兒子。後泛指能力非凡或地位優越的人。現也指將擔負重任的在讀大學生。

謎語：馬隨轎後

① 西漢時期，漢武帝曾派大將李廣利等率軍反擊匈奴的入侵，並一度獲勝。

② 可是後來，李廣利想立功，貿然揮兵北進，遭匈奴單于領兵襲擊，更被活捉投降。

大漢願為匈奴和談平息爭端。

③ 由於征討匈奴的失敗，漢武帝面對匈奴使者只能議和請求平息爭端。

我們天之驕子單于要漢朝每年贈我美酒和綢緞。

這個……議和的代價也太大了。

④ 而匈奴單于在給漢武帝致書中，竟然自稱為天之驕子，極其強勢。

# 天方夜譚

天方：我國古代稱阿拉伯人建立的國家。譚：通"談"。
阿拉伯民間故事集，又名《一千零一夜》，內容富於神
話色彩，情節古怪離奇。後形容荒誕離奇、不足為信的
傳聞或說法。

謎語：：親手扶掖

① 從前，有一個波斯國王每天選一名美女進宮，
第二天就殺掉。

② 一位聰明的女郎入宮。

③ 她給國王講故事，每天講到緊要處便不講
了，天天如此。

④ 一直講了一千零一夜，國王終於改變了原來的
做法。後人把她講的故事編成書，叫《天方夜譚》。

# 天衣無縫

天衣：天上仙界製的衣服。天仙製作的衣服沒有縫。比喻事物完美自然，渾然天成，沒有破綻缺陷。

謎語：相逢在前線

① 傳說古時候，有個英俊青年郭翰在夏夜月下乘涼，忽然看見一位美麗的仙女從天空飄落下來。

我是織女，來到人間遊玩！

② 沒等郭翰詢問，她便做了自我介紹。

你的衣服怎麼沒有衣縫？

③ 郭翰發現她的衣服渾然一體，很是奇怪。

我穿的是“天衣”，怎麼會有縫呢？

④ 仙女說她的衣服是“天衣”，所以“無縫”。

# 天經地義

經：通行的法則。義：公正的道理。指天地間經久不變的法則或不可置疑的真理。常形容某些事情理所當然，本該如此。

謎語：與人垂儀（垂

儀：做出儀範）

① 周朝時期，王子朝起兵把周敬王趕出王城。

各位諸侯我們應該如何安定周王室？

② 晉頃公為此召集各諸侯國大夫商議。

③ 最後決定按照禮儀為周敬王提供糧草和軍隊，幫助周敬王回歸王城。

甚麼是禮？

我鄭國大夫子彥生前曾教導我："禮是'天之經，地之義'，民眾行動的依據。"

④ 晉國的趙鞅因此問鄭國的大叔吉。

# 天翻地覆

覆：翻過來。天和地顛倒了過來。形容發生了根本性的巨大變化。也形容鬧得很兇。也作"地覆天翻""翻天覆地"。

① 東漢時期，蔡文姬博學多才。

② 可惜在匈奴南侵時，她被擄做了南匈奴左賢王的王后。

③ 文姬作了《胡笳十八拍》詩來抒發懷念祖國和親人的感情。

④ 後來，唐代劉商也作了一首《胡笳十八拍》，詩中寫道："天翻地覆誰得知，如今正南看北斗。"

# 天羅地網

羅：捕鳥的網。網：捕魚的網。天上地下遍張羅網。比喻全面而嚴密的包圍措施。多指對敵人、逃犯的嚴密防範。

謎語：知己交心

① 春秋時期，費無忌慫恿楚平王，把太子之妻收為妃子，將太子調往邊境，並派人去殺害太子。

② 費無忌又繼續慫恿楚平王。

為除後患，把太子的老師伍奢及全家都殺掉！

③ 太子連夜向鎮守樊城的伍奢的兒子伍員傳達消息。

④ 第二日，費無忌派自己的兒子來騙伍員歸朝，伍員當面揭穿了他們的詭計。

要不是太子告訴我，就進了你們的天羅地網了！

# 日不暇給

暇：空閒。給：豐足。形容事務繁忙，沒有一點兒空閒。

① 劉邦在統一天下、建立漢朝之後，讓丞相蕭何制定法律。

② 讓大將軍韓信整頓軍隊。

③ 讓叔孫通制定禮儀規範。

④ 劉邦每天都有處理不完的事情，真是日不暇給。

# 毛遂自薦

毛遂：人名，戰國時趙國平原君的門客。薦：介紹，推薦。
毛遂自己推薦自己。指自己推薦自己，自願承擔重任。

① 戰國時期，秦國軍隊圍困趙國。

② 趙王決定派平原君前往楚國求援。

臣願前往。

③ 平原君門客三千，計劃帶二十人去楚國。突然有一個叫毛遂的人上前自薦。

回去告訴趙王，我等馬上出兵……

④ 到了楚國，毛遂挺身而出，直陳利害。最後，楚王答應派兵救趙。

# 水深火熱

如同處在深水熱火之中。比喻人民生活極端痛苦，或國家危難深重。

謎語：合併一起為一瓶

有人勸我不要吞併燕國，有人勸我吞併它，我到底該怎麼辦？

① 戰國時期，齊國乘燕國內亂攻佔了燕國。齊宣王向孟子請教可不可以佔領燕國。

如果燕國百姓很高興，那就吞併它；百姓不高興，就不要吞併它。

② 孟子讓齊宣王聽從燕國百姓的意願。

百姓的痛苦像陷在水中，越陷越深；也像遭到火燒，越燒越熱，他們會高興嗎？百姓陷入水深火熱之中，必然會盼望別國來解救了。

③ 孟子認為齊宣王應該解救陷入水深火熱的燕國百姓。

④ 孟子接着説："但如果燕國人民感到比以前更加痛苦，你即使一時佔領，也佔領不了多久。"

# 水滴石穿

不停地滴水可把石頭穿透。比喻只要堅持不懈，集細微之力也能辦到看來難以辦到的事。

謎語：摘取一半，消化一半

① 宋朝時期，崇陽縣令張乖崖為人清廉正直。一天，他看見一個管錢庫的庫吏，從庫裏偷了一文錢。

狠狠地打！

② 張乖崖命人把他抓了起來並且狠打了一頓。

就為這一文小錢打我一頓，我抗議！

③ 庫吏被打後很不服氣。

一日一錢，千日一千；繩鋸木斷，水滴石穿。

④ 張乖崖大怒，竟把他判處了死刑，並說出對他重判的道理。

63

# 以身試法

以：用。身：自身。用自己的行為去試探法律的威力。指明知是犯法的事，卻偏要去做。

① 西漢時期，王尊任安定太守。

② 他張貼告示，告誡官吏不要以身試法。

你知法犯法，罪加一等。

③ 他對犯法的官吏處罰十分嚴厲。

④ 由於執法嚴格，屢遭朝廷免職。

⑤ 他在任東郡太守期間，帶領百姓治理黃河水患，受到人們的愛戴。

# 以逸待勞

以：用。逸：安逸，安閑。勞：疲勞。多指作戰時自己
充分休息，養精蓄銳，待敵人疲勞時，乘機出擊。也指
讓對方先行動，自己坐待時機成熟後再行動。

謎語：道邊拾兔

① 東漢初期，光武帝劉秀派兵攻打豪強隗囂，卻被隗囂擊敗了。

② 後來劉秀又改派大將軍馮異進兵枸邑，但隗囂也命令部隊奪枸邑。

敵人銳氣正旺，我們應該停止前進，避免正面交鋒。

③ 這個時候軍隊內部有不同的聲音，馮異的部將認為不應急於與隗囂決戰。

只有搶先佔領枸邑城，然後以逸待勞，才能取勝。

④ 而馮異卻認為應該搶佔先機。

⑤ 於是命令部隊快速前進，佔領了枸邑，打垮了前來進攻的隗囂軍隊。

# 世外桃源

東晉詩人陶淵明在《桃花源記》中描寫了一個與世隔絕的、人人自得其樂的好地方。後用以指脫離人間紛亂的幽美而安樂的地方。也指幻想中的脫望現實的美好境地。

① 東晉文學家陶淵明《桃花源記》中記述了這樣一個故事……

② 有個漁夫划着小船順流進入一片桃花林。

③ 他穿過一個山洞，來到另一個天地。

④ 這裏男耕女織，生活幸福安樂，與外界完全隔絕。漁夫受到了熱情的招待。

⑤ 臨別時，村裏人叮囑漁夫："你可別對別人説這兒的事。"

# 出人頭地

原指讓人高出一頭。後形容超出一般人或高人一等。

謎語：十八口邊來一　半

① 北宋嘉祐年間，蘇軾到京城汴梁趕考。

好文章！文采飛揚，觀點新穎，有理有據，應列第一名。

刑賞忠厚論

② 蘇軾在考試中寫的文章深深吸引了主考官歐陽修。

為了避嫌，只好把這篇好文章定為第二名。

③ 但歐陽修以為這篇文章是他的學生曾鞏所作，於是謙虛地定為第二名。

委屈你了，我很內疚。

我還有幾篇文章請您指點。

④ 後來蘇軾來拜謝主考官，歐陽修才知發生了誤會。

讀蘇軾的文章，不禁讓我汗顏。我應當給他讓路，使他高出我一頭。

你太謙虛了。

⑤ 歐陽修看過蘇軾送來的文章，更加讚歎不已。

# 出奇制勝

用奇兵、奇計戰勝敵人。泛指採用對方意料不到的手段獲取勝利。

謎語：千里走單騎

① 春秋戰國時期，齊國將領田單和他的軍隊被燕軍包圍在即墨城裏。

有了！

② 田單靈機一動，想出了一個突圍的好辦法。

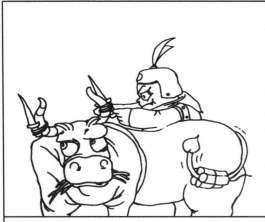

③ 他命令士兵把尖刀綁在牛角上，把浸透油脂的蘆葦綁在牛尾巴上。

④ 夜裏，田單下令將牛群趕向城外，並點燃牛尾上的蘆葦。受了驚嚇的牛群，發瘋似的衝向燕軍，燕軍嚇得四處逃跑。齊國用這樣的奇計取得了勝利。

# 出爾反爾

爾：你。反：同"返"。原指你怎樣對待別人，別人就
會怎樣對待你。現常用來指說過的或做過的，事後反悔
或不認賬，言行前後不一，反覆無常。

① 戰國時期，鄒魯兩國交戰，鄒國戰敗。

我犧牲了大批將士，百姓卻見死不救。

② 鄒穆公很生氣，向孟子埋怨。

"出爾反爾者，反乎爾者也！"
你如何對待別人，別人就會如
何對待你。

③ 孟子說："百姓們飢餓的時候，你不救濟他
們、關心他們，他們怎能關心你呢？"

④ 穆公無言以對。

# 出類拔萃

出：超出。拔：高出。萃：草叢生的樣子，引申為同類人。
形容人的品德或才能等超群出眾。

謎語：醉後臥花前

① 戰國時期，一次孟子學生公孫丑向孟子請教，並說："您已經是位聖人了吧？"

自從有人類以來，沒人能比得上孔子。

② 孟子不同意他的說法，並盛讚孔子的偉大。

那孔子與古代的聖人有甚麼不同呢？

③ 公孫丑再次發問。

麒麟和一般走獸是同類，鳳凰和其他飛鳥是同類，聖人和一般老百姓也是同類，但是遠遠超出了同類。

④ 孟子用了很好的比喻回答。

# 功虧一簣

功：指所做的事。虧：缺少。簣：盛土的筐。原意是堆很高的土山，由於只差一筐土而不能完成。後用來比喻只差最後一點而未能成功。含有惋惜之意。

堆山太費工夫，是很難辦到的。

只要堅持不懈，就一定能築成九仞之山。

① 從前有個人，他發誓要築一座九仞高的山。

② 這人不論嚴寒酷暑，都廢寢忘食地挖挑土，再堆到山包上去。

只差一筐土的工夫，就有九仞高了。

③ 他年復一年地築山，終於就要完工了。

成功即將來臨，先回家吃了飯再說。

④ 在這時，他肚子咕咕叫起來。

九仞之山為甚麼還沒堆成？

我沒興趣了，不過只差一筐土。

⑤ 他回家後就不願再去堆山，功虧一簣，九仞之山最終沒有堆成。

# 半途而廢

廢：停止。比喻事情沒做完就停止，不能善始善終。

① 東漢時期，有位名叫樂羊子的人，他的妻子賢惠而明事理。在妻子的鼓勵下，樂羊子外出拜師求學。

② 不久，樂羊子因想家而跑了回來。

這一根根的蠶絲，日積月累才會織成一尺、一丈的綢子，如果把它剪斷就會前功盡棄。

③ 於是妻子拿把剪刀，來到織機前，剪斷了織機上的蠶絲，勸說樂羊子繼續學習。

④ 讀書如果半途而廢就跟割斷織絲一樣，會前功盡棄。樂羊子被妻子的話深深觸動，繼續外出求學。

# 司空見慣

司空：古代官名。形容經常看到，不足為奇。

① 唐朝時期，劉禹錫因革新失敗被貶為和州刺史。

② 後又重新被任命回京。

司空為你洗塵。

③ 他的好友司空李紳設盛宴款待他。

司空見慣渾閑事
斷盡江南刺史腸

④ 劉禹錫感慨萬端，即席賦詩一首："司空見慣渾閑事，斷盡江南刺史腸。"

73

# 四分五裂

形容支離破碎，不完整，不集中，不團結，不統一。

謎語：依例開除二人

① 戰國後期，各諸侯國害怕秦國強大，就採取"合縱"的辦法聯合抗秦。

② 於是秦惠王任張儀為相，到各諸侯國遊説，宣揚與秦國聯合的"連橫"策略。

③ 有一次，張儀到了魏國，以危言聳聽的理由，遊説魏王與秦國聯盟。

④ 終於在張儀的四處活動下，六國合縱抗秦的聯盟被破壞了。

# 四面楚歌

比喻陷入四面受敵、孤立無援的境地。

① 楚漢相爭，漢軍十面埋伏，把項羽的軍隊層層圍困在垓下，劉邦求勝心切，於是提議馬上進攻楚軍。

② 大將韓信勸劉邦不可急於進攻，謀士張良提出讓楚軍喪失戰鬥力的計謀。

③ 當項羽聽到漢營傳來的楚地歌曲，不知漢營裏有多少楚人。

④ 楚軍果然軍心渙散，連夜衝出漢軍包圍，最後兵敗烏江，項羽拔劍自殺。

# 四海為家

四海：全中國，或泛指天下。原指天下都歸皇帝一人所有。
現指到處都可以當作自己的家。形容志在四方或漂泊不定。

謎語：年初來找水母

相國蕭何負責新都城的建設。

① 漢高祖劉邦統一天下之後，決定定都長安，於是吩咐蕭何建設新都城。

皇上還滿意吧？

② 幾年後，新都城建成，皇宮修得富麗堂皇、雄偉壯觀。蕭何得意地問劉邦：

滿意？如此豪華，要耗費我多少銀子？

③ 劉邦見皇宮金碧輝煌卻非常憤怒。

皇上以四海為家，皇宮修得莊嚴雄偉，才可以使四方臣服啊！

④ 蕭何的解釋卻讓劉邦覺得有道理。

# 巧婦難為無米之炊

炊：燒火做飯。再心靈手巧的婦女，沒有米也做不出飯來。比喻不具備必要的條件，再有本領的人也難以成事。

謎語：飯沒熟

① 宋代尚書晏景初，一次到廟裏求宿。

② 和尚說廟裏設施簡陋，無法留宿。

③ 晏景初認為，條件雖差，有能幹的僧人總能想出辦法的。

④ 和尚卻說："沒有麵，再能幹的婦女也無法做出湯餅來。"

# 未雨綢繆

綢繆：用繩子纏縛，引申為修補。趁着還沒下雨，先把房屋門窗修好。比喻事先做好準備，防患於未然。

① 周武王率軍滅了商朝後，把有功之臣都分封到各地做諸侯。

② 周武王死後，年幼的成王在周公的扶持下管理朝政。

③ 成王叔父管叔散佈謠言，説周公要廢掉成王，而其實是他在策劃叛亂。

④ 周公告誡成王要未雨綢繆，整頓朝綱，制止叛亂，然後自己隱退。

# 民不聊生

聊：依靠。指百姓生活困苦，無所依靠。

謎語：兔子耳朵

① 秦朝末年，陳勝、吳廣領導農民起義。

② 攻克陳地後，將領武臣率領軍隊北渡黃河，向河北進攻。

秦朝統治多年，連年強徵勞役，財匱力盡，民不聊生。我們要報仇雪恨。

③ 武臣向百姓宣傳反對秦統治的義舉，號召人們參加義軍。

④ 聽了武臣的宣傳，許多百姓都加入了起義的隊伍。

# 民以食為天

人民把糧食當作生存的根本條件。指對百姓來說，吃飯是首要問題。

① 秦亡後楚漢相爭，劉邦和項羽交戰五年。

我們被包圍了！

② 楚漢相持交戰的滎陽一帶，有一個秦朝遺留下來的大糧倉。一次，漢軍在這裏被楚軍包圍。

我們不如放棄此地。

王者以民為天，而民以食為天，這個糧倉對我們很重要，絕對不可放棄啊！

③ 當劉邦打算放棄滎陽的時候，謀士酈食其堅持勸劉邦堅守。

④ 劉邦繼續堅守陣地，終於取得了勝利。

# 玉石俱焚

俱：都。焚：燒。美玉和石頭一同焚燒。比喻好的和壞的同歸於盡。

謎語：可到東阿來

① 夏代，仲康當上皇帝後，安排胤君掌管六軍。

② 當時，主管天地四時的羲氏、和氏整天沉迷酒色，荒廢職守。

③ 胤君奉皇帝之命前去征討羲氏、和氏。

④ 出發前，胤君對士兵說："大家所到之處不要玉石俱焚，濫殺好人，只需要消滅他們的首領。"

# 先發制人

發：發動。制：制伏。指先發動攻勢可以制伏對方。

謎語：半割牛頭到

前帳

① 秦朝末年，項梁和姪子項羽為躲避仇人而跑到吳國。

現在各地已開始反叛秦朝，所以要趕緊宣佈起兵先發制人；否則，就要受制於人。

關於當前形勢，您有何高見？

② 遇上會稽太守，太守殷通想推翻秦朝，就找來項梁商討國內形勢。

③ 談話中，項梁見殷通無能，於是回去與項羽商量。

④ 後來叔姪兩人奪取了會稽太守的大印，高聲宣佈起義反秦。

# 危在旦夕

旦夕：早晨和晚上，指很短的時間之內。形容危險就在眼前。

謎語：扣留一半，放跑一半

① 東漢末年，孔融被黃巾軍包圍，孤立無援，危在旦夕。

② 就在這個時候，太史慈求見，表示願意帶兵馬殺出城外。

③ 孔融馬上下達命令，讓太史慈應戰並求援。

④ 太史慈衝出城去，找劉備搬兵。

⑤ 終於，太史慈請到了劉備大軍，把孔融從危難中解救出來。

# 各自為政

為政：處理政事，泛指行事。指各自按自己的主張行事，彼此不相配合。

① 春秋時期，宋將華元領兵抵抗前來攻打的鄭國軍隊。作戰前，華元殺羊備酒犒賞眾將士。

② 為華元駕車的羊斟，卻沒有分到羊肉，為此他懷恨在心。

③ 兩軍交戰時，羊斟心想：當初分羊肉由你做主，現在駕車則是我做主。所以故意將戰車趕進鄭軍陣地。

④ 結果，宋軍大敗，華元當了俘虜。

# 各得其所

所：處所，位置。原指各人都得到自己所需的東西。現指每個人或事物都得到恰當的安置。

謎語：前額下邊

① 漢武帝時期，昭平君憑着自己是皇親國戚，驕橫無禮。

願以千兩黃金，一千萬錢為昭平君預贖死罪。

② 昭平君母親隆慮公主擔心兒子會犯重罪，拿着金錢向漢武帝換取承諾：

③ 隆慮公主死後，昭平君因酒後殺人，武帝為了不破法令，還是處死了他。

賞功不論仇敵，罰罪不論骨肉，這樣百姓才會各得其所。

④ 漢武帝心裏難過。於是大臣東方朔頌揚武帝公正，勸止了武帝的悲哀。

# 同心同德

心、德：指思想認識。指思想、信念相同。

① 商朝末年，紂王的殘暴引起廣大百姓和一些諸侯的反對。

② 其中諸侯姬昌，就因為反對紂王而被囚禁。

③ 於是姬昌的兒子姬發為了解救自己的父親，聯合其他諸侯國討伐紂王。

④ 在出發前，姬發與聯合的軍隊發表誓詞說："我們要同心同德打敗敵人。"

# 同流合污

流：流俗，流行的不良習俗。污：污濁的世道。原指沒有獨立節操，思想、言行與不良的習俗、污濁的世道相合。現多指跟壞人共同幹壞事。

① 有一次，孟子同他的學生萬章談論在鄉裏被稱為老好人的人。

② 孟子説，這種人，你指不出他的錯誤，找不出可責罵之處，而實際是偽君子。

③ 萬章不解，人們都稱"老好人"是好人，孟子卻説這種人是道德的破壞分子。

④ 孟子道，這種人對世俗不合理現象只會附和，實際不能起好的作用。

# 同病相憐

憐：憐憫，同情。有同樣病的人相互同情。比喻有同樣不幸遭遇或痛苦的人相互同情安慰。

① 春秋時期，楚國的伍子胥因為父兄被少傅費無忌和楚平王害死，逃往吳國。

② 後來，費無忌又設計害死了大臣郤宛。

③ 郤宛的親戚伯嚭在走投無路時想到曾和自己處境相同的伍子胥已在吳國受到重用，也投奔吳國。

④ 五子胥對伯嚭的遭遇深表同情，當即向吳王闔閭推薦他。

你怎麼對他如此熱心？

⑤ 有人不解，因此問伍子胥。

他和我命運相同，這叫"同病相憐，同憂相救"。

⑥ 伍子胥回答了他。

# 名正言順

名：名義，名分。名義或名分正當，道理就説得通。多形容説話、做事理由正當而充分。

① 春秋時期，孔子因為對魯定公失望，就帶着弟子子路等前往衛國。

② 衛靈公十分高興，並設宴迎接孔子。

最重要的是名分要正當。

③ 其後，子路問孔子：如果衛靈公請你管理國家，你首先要做甚麼？

首先要正名，因為"名不正，則言不順，言不順，則事不成"。

④ 子路覺得孔子的意見太迂腐。於是孔子批評了他。

# 名落孫山

孫山：人名，某年科舉考試的最後一名。比喻考試落榜或選拔未中。

謎語：兩點到西陵（西陵：清朝皇家陵園）

① 宋朝的孫山，跟同鄉的兒子一起去參加科舉考試。

② 孫山考取了最後一名，同鄉的兒子沒中舉。同鄉的兒子很失意，孫山就先回家去了。

我兒子考取了沒有？

③ 同鄉迫不及待地問孫山自己兒子的考試情況。

解名盡處是孫山，賢郎更在孫山外。

④ 孫山委婉而幽默地做出了回答。

# 因地制宜

因：根據，依據。制：制定，確定。宜：適宜的事。根據各地的具體情況制定適當的措施。

謎語：殺豬待客，且來家中

① 春秋時期，楚平王殺了伍子胥的父親和兄弟，伍子胥為了保命，隻身一人逃出楚國。

② 伍子胥逃到了吳國後受到重用，成為了吳王的謀臣。

為了富國強民，首先，要修築城牆；其次，多造武器；再次，要發展農業。

③ 伍子胥為吳王出謀劃策。

修築城牆、廣積糧食，都要因地制宜，根據當地具體情況再制定適當的措施。

④ 吳王聽後十分高興，又補充一句。

# 因材施教

因：根據，依照。材：資質。施：施行。根據不同對象的不同素質，施行不同的教育方法。

① 春秋時期，孔子善於因材施教。

聽到一種正確的意見時，是否應該馬上去做？

要請示一下父兄。

② 一次，他的學生子路向他請教。

聽到一種正確的意見時，是否應該馬上去做？

應當聽到就去做。

③ 後來，他的學生冉有也提出這個問題。

冉有為人謙讓，而子路較輕率，所以應不同對待。

④ 公西華想弄明白：同樣的問題，到孔子這裏怎麼有兩個不同的答案。

# 因勢利導

因：順着。勢：趨勢。利導：向有利的方面引導。指順應事物的發展趨勢，加以正確引導。

① 戰國時期，齊國為救韓國，派田忌、孫臏進攻魏國都城。

② 魏將龐涓立即前來迎擊齊軍。孫臏説："善於打仗的人要因勢利導，我們假裝敗退，引誘他們中計。"

③ 龐涓果然中計。

④ 結果，魏軍在地形險惡的馬陵地段遭到齊軍伏擊而大敗，龐涓也被迫自殺。

# 多多益善

益：更加。善：好。泛指越多越好。

謎語：半羞半喜

① 西漢時期，劉邦以謀反的罪名拘捕了韓信，但念及之前的戰功，便把他貶為淮陰侯。

② 一天，劉邦召韓信入宮，討論各位領將的才能大小。劉邦問："像我這樣的人能帶多少兵？"韓信説："最多能帶十萬。"

③ 劉邦又問："那你呢？"韓信説："我當然是越多越好。"劉邦不明白："那為甚麼你還是被我所控制？"

④ 韓信説："你不善於帶兵但善於用將，這就是我被你控制的原因。而且你這種指揮將官的能力是天生的，不是人力能達到的。"

# 多難興邦

邦：國家。國家多災多難，可以激發人們發憤圖強，因而會使國家興盛起來。

謎語：扣留一人

① 春秋時期，楚靈王想稱霸諸侯，派椒舉前去邀請晉平公參加會盟。

② 晉平公想拒絕，說："憑我們地勢險要和戰馬眾多，不怕多災多難的楚國。"

③ 大臣司馬侯說："鄰國的災難是無法預料的。沒有災難的國家，往往就會國家滅亡、疆土喪失。"

④ "相反，多難興邦！"勸晉平公把眼光放遠點，接受楚王的邀請。

# 夸父逐日

謎語：鼻尖前頭

夸父：古代神話中的人物。逐：追趕。夸父追趕太陽。指征服自然的願望和堅強決心。也比喻人不自量力。也作"夸父追日"。

① 遠古的時候，有一位巨人叫夸父，是幽冥之神的後代。

② 他雙耳掛兩條黃蛇，手拿兩條黃蛇，去追趕太陽。

③ 當他到達太陽將要落入的禺谷之際，覺得口乾舌燥，便去喝黃河和渭河的水。

④ 河水被他喝乾後，口渴仍沒有止住。他想去喝北方大湖的水，還沒有走到就渴死了。

⑤ 夸父死後，拋掉的手杖變成了一片片鮮果纍纍的桃林，為後人解除口渴。

# 好好先生

指不講原則，不分是非曲直，對誰都説"好"而不得罪他人的人。也指善良人，好人。

① 東漢時期，有位叫司馬徽的人，與人説話總是説"好"。

② 一天，朋友悲傷地告訴他一個不幸的消息，他照樣説"好"。

③ 妻子責備他説話不近人情。

④ 他還是用"好"回答妻子。

# 如火如荼

茶：一種茅草開的白花。像火一樣紅，像荼一樣白。原比喻軍容整齊、壯觀。現形容氣勢旺盛，氣氛熱烈。

謎語：二十八人都姓于

① 春秋時期，吳王夫差與晉定公爭做諸侯盟主。

② 夫差為顯威風，一天夜裏，將三萬名穿白、紅、黑甲的軍士擺成左、中、右三個方陣。

③ 夫差說："眾將官奮勇當先，如火如荼，嚇破諸侯膽。"

④ 夫差親自擂鼓，三萬軍士齊聲吶喊，嚇得晉定公再也不敢爭盟主之位了。

# 如魚得水

好像魚兒得到了水。比喻得到與自己情投意合的人或適應自己發展的環境。也作"猶魚得水"。

謎語：對手遭挫

① 東漢末年，劉備多方網羅人才，徐庶向劉備推薦說諸葛亮是個難得的人才。

② 為請諸葛亮協助自己獲天下，劉備三顧茅廬請諸葛亮出山。

③ 諸葛亮看到劉備非常誠懇，答應了劉備的要求。諸葛亮分析了天下形勢及應採取的策略。

我得諸葛亮猶如魚得水！

④ 得到諸葛亮的劉備十分高興，反覆說明，諸葛亮的才識和膽略，對自己完成大業是十分重要的。

# 如釋重負

釋：放下。負：負擔。像放下了沉重的擔子一樣。形容人在解除某種負擔後輕鬆愉快。

謎語：入在鏡中

① 春秋時期，魯國的實際權力其實掌握在季孫氏、叔孫氏和孟孫氏三家當中。

② 使得百姓們安居樂業，生活一派祥和。

兄弟們，傳我號令，抓住季孫氏，本王有賞！

③ 不料，魯昭公為了奪回權勢，發兵圍攻季孫氏。

④ 叔孫氏和孟孫氏得到消息後，立即率兵前來增援，魯昭公最後失敗逃走。

哈哈哈！魯昭公不得人心，此次兵敗逃走，我們真是如釋重負啊！

⑤ 百姓們十分高興。

# 守株待兔

株：樹樁。比喻死抱住老經驗不放，不知靈活變通。也用以諷刺心存僥倖，幻想不勞而獲的人。

謎語：先買槽，後還珠

① 宋國，有一個農夫在地幹活兒的時候，突然見一隻兔子撞死在樹樁上。

② 農夫撿到死兔，極為高興。從此，荒廢田地，守在那株樹旁，希望再有兔子撞死在樹樁上。

③ 可是再也沒有發生這種天上掉餡兒餅的事。

真是個傻瓜！

④ 農夫因此成了眾人議論的笑柄。

# 成也蕭何，敗也蕭何

蕭何：漢初丞相，曾輔佐劉邦戰勝項羽，建立漢朝。成事的是蕭何，壞事的也是蕭何。指事情的成敗、好壞都出於一人之手。

① 楚漢之爭，經蕭何舉薦，劉邦挑選韓信為大將。

② 韓信果然有傑出的軍事才能，為漢朝的建立立下汗馬功勞。

③ 可是後來，韓信被告發準備謀反。

④ 蕭何又按劉邦的旨意，設計殺掉了韓信。

# 有名無實

空有虛名而無實際內容。

① 春秋時期，晉國大夫叔向去見正卿韓宣子，見他正為自己的貧窮而憂愁。

哈哈，祝賀你的貧窮！

② 韓宣子對叔向的祝賀感到十分奇怪。

我有卿之名，而無其實，你還祝賀我，甚麼意思？

③ 叔向向韓宣子解釋。

過去欒武子做晉國正卿時也跟你一樣窮，但施德政。你有他那樣的貧窮，也有他那樣的德行，所以祝賀你。

④ 韓宣子聽後深感有理，急忙向叔向叩謝。

謝謝指點。

# 有恃無恐

恃：依靠，倚仗。恐：害怕，顧慮。因為以某種勢力為依靠而在言行上無所顧忌。含有貶義。

謎語：十分用心，埋頭苦幹

① 春秋時期，齊孝公趁魯國鬧災荒，率軍前來攻打。

② 魯僖公派大臣展喜在路上勸阻攔截。

③ 雙方談判的時候，孝公問："你們害怕了吧？"展喜回答："不怕！"

④ 孝公又問："你們魯國空蕩蕩的，何恃而不恐呢？"展喜回答："我們兩國世世友好，就是倚靠這一點我們才不怕。"齊孝公只好退兵。

# 有備無患

備：準備。患：禍患。事先做好準備，就不會產生禍患。

① 春秋時期，十二個諸侯國準備聯合進攻鄭國。

② 鄭國向其中最強大的晉國求和，晉國同意了，別國也跟着停止了進攻行動。

③ 事後，晉國國君把鄭國所贈禮物的一部分賞給功臣魏絳，魏絳不肯接受。

現在你做了多國盟主，要居安思危，希望你對今後可能碰到的困難和危險要有所準備，有備無患啊！

④ 他向晉國國君進行了一番勸告。

# 此地無銀三百兩

比喻想隱瞞、掩蓋事實真相，結果因手法拙劣，反而更加暴露。

謎語：未見齜牙

① 傳說，古代有個人得了三百兩銀子，覺得放在家裏不安全，就把銀子埋起來。

② 可心裏還是沒底，就又想了個辦法。

③ 隔壁阿二看到這麼明顯的牌子，便把銀子全偷了。

④ 阿二怕失主懷疑自己偷了銀子，也立了個牌子。

# 死灰復燃

死灰：熄滅的火灰。燃：燃燒。已經熄滅的火灰重又燃燒起來。比喻失勢或消失的惡勢力、壞現象重又興起。用作貶義。

① 漢景帝的御史大夫韓安國，在監獄中常受到田甲的凌辱。

② 韓安國説："'死灰'難道不會'復燃'嗎？"

③ 田甲説："再燒起來，我就撒泡尿澆滅它。"

④ 不久，韓安國出獄重新做官，田甲非常害怕，光着身子前來請罪。

⑤ 韓安國笑着説："現在死灰又燒起來了，你撒尿吧！"不過，他最後還是寬恕了田甲。

# 汗流浹背

浹：濕透。汗流得濕透了背上的衣服。形容極度惶恐或慚愧。
也泛指滿身大汗。

謎語：海峽兩岸

① 漢代末期，獻帝大權旁落，只是名義上的皇帝。

② 甚至連朝廷中的警衛都由曹操黨羽掌控。

③ 曹操藉口處死不滿者，連皇帝貴人也不能倖免。

③ 獻帝對曹操氣憤至極。

④ 曹操見兩邊有持刀的衛士，嚇得汗流浹背，以後不敢再入殿見皇帝。

# 汗馬功勞

汗馬：使馬累出汗。指在戰爭中立下的功績。也泛指在工作中創出的業績。

① 劉邦當上皇帝之後，決定按功勞大小封賞手下的文臣武將。

② 他認為蕭何的功勞最大，封為酇侯，並賜了很多金銀和土地。

我們身經百戰，出生入死，而蕭何並沒有汗馬功勞，只是舞文弄墨，單憑口才，為甚麼功勞反而在我們之上？

③ 眾武將不服。

打獵時，追殺野獸的狗需要獵人發出指示。蕭何好比獵人……

④ 劉邦向他們解釋了原因。

# 江郎才盡

江郎：指江淹，南朝文學家。比喻文思枯竭，難以再寫出好作品來。

① 南宋文人江淹，人稱江郎，才思敏捷，寫得一手好詩文。他晚年時做了個夢，夢見自稱郭璞的人向他索要毛筆。

② 江郎不情願地從懷裏摸出一隻五彩筆交給了他。

③ 從此，江郎再也寫不出好文章了。

④ 人們都說江郎的才思用盡了，再也不會像以前一樣了。

# 百折不撓

折：挫折。撓：彎曲。指無論受到多少挫折都不屈服。
比喻意志堅強，品格剛毅。

謎語：拂曉前後

① 東漢尚書橋玄，品行端正，疾惡如仇。

② 強盜們不服氣，強行闖入橋玄的家並綁架了他的兒子。

將士們，不能因我兒子而放掉壞人。快進來把強盜捉走吧！

③ 前來拯救的官兵們包圍了橋家，但是怕強盜殺害孩子不敢動手。橋玄卻讓官兵們馬上進屋捉拿強盜。

百折不撓捨親子，為民除大害！

④ 結果，橋玄的兒子被強盜殺死，而強盜被官兵們捉拿歸案。

# 百發百中

形容射箭、射擊等每次都命中目標。也比喻料事準確、算計高明，或做事有充分把握，絕不落空。

謎語：見到右鄰覺陌生

① 春秋時期，楚共王手下有兩個擅長射箭的人，一個叫養由基，一個叫潘虎，兩人常常互相比拼。

② 養由基讓人在楊柳葉上做了記號，在百步之外一箭射穿了樹葉。潘虎心中不服氣。

③ 於是潘虎設計要讓養由基出糗。

④ 養由基在百步之外果然依次射中了三片楊柳葉。

# 百聞不如一見

聽到一百次，不如親眼見到一次。指親眼看到才是最真
實可靠的。

① 西漢時期，羌人入侵西漢，漢宣帝召集大臣們
商量對策，可是沒有一個人發表意見。

你要帶多少人馬？

百聞不如一見，我親自
去看看之後再定不遲。

② 七十六歲的老將趙充國見此情景，便主動請
求到邊境禦敵。

③ 他到邊境考察發現羌人是因為生活貧困才騷
擾西漢邊境的。

漢

④ 於是，他幫助羌人解決了生活上的困難。羌
人安居樂業，邊關也就安定了。

# 老生常談

老生：年老的書生。老書生常講的話。比喻沒有新意的老話。

① 三國時期，魏國的術士管輅精通《易經》，常替人占卜。

先生，我想知道自己有沒有升做三公的希望。

② 一天，尚書何晏和鄧颺請管輅為他們占卜。

只要你盡忠職守，體察民情，廣施恩德，會位至三公的。

③ 管輅給他們講了一番大道理。

這都是些老生常談。沒有甚麼新意！

④ 在一旁的鄧颺聽得很不耐煩。管輅說："雖說是老生常談的話，卻不能輕視啊。"

114

# 老當益壯

當：應當。益：更加。年紀雖老，但志向更豪壯，幹勁更足。

① 名將馬援年少時就胸懷大志，不滿足在家的讀書生活，就到外地去謀生。

② 一次，他為官府押送犯人，因為可憐犯人，便放他逃走，自己也逃到北方躲起來。不久，遇上大赦，往事不追究。

③ 由於馬援品德高尚，為人忠厚熱心，投靠他的人很多。後來成了東漢名將，為光武帝立下很多戰功。

④ 馬援說："一個人要有志氣，挫折時更要堅強，年紀雖老更要有雄心壯志。"

# 耳濡目染

濡：沾染。染：感染。經常聽到和看到，不知不覺地受到影響。

謎語：收二人為徒

① 唐朝時期，房啟出身名門望族。祖父是兩朝宰相，父親也曾擔任秘書少監等官職。

② 由於條件優越，房啟耳濡目染，得到熏陶，從長輩身上學到不少為人的道理。

我擁有的今天和學識，要歸功於我的長輩們多年來對我的教誨啊！

③ 後來，他做了官，對長輩們心存感慨。

好官哪！

④ 百姓們都讚揚他、愛戴他。

116

# 自相矛盾

矛、盾：古代兩種武器，矛是刺殺用的，盾是抵擋刺殺用的。比喻自己的語言和行動相互抵觸。

謎語：十目所視，為人不正

世上沒有甚麼東西能把它穿透！

我的矛特別鋒利，世上沒有它穿不透的東西！

① 古時候，有個賣兵器的楚人，舉着他的盾向大家誇口。

② 接着他又拿起矛，大誇海口。

用你的矛刺你的盾，看看會怎樣呢？

用我的矛刺我的盾？這，這……這主意太損了！

③ 一位過路的人聽了他誇的海口，覺得很有趣兒，便給賣兵器的人出了個主意。

④ 賣兵器的人一聽，傻了眼，不知該如何為自己收場。

# 自食其果

自己承受自己做事的後果。多指自己做了壞事，自己受到損害或懲罰。

謎語：撕掉兩邊

① 宋朝大官丘浚身穿便衣到崇敬寺，和尚對他很不客氣。

② 和尚卻對身穿黃衫的朝廷官吏，熱情招待。

③ 和尚知道丘浚是大官後，説："大人，我表面上那樣，可心裏是真心尊敬您的。"

④ 丘浚更加生氣，舉杖狠敲和尚頭，"按你的説法，打你就是愛你了！"這和尚真是自食其果！

118

# 自愧不如

因自己不如別人而感到慚愧。

① 一天，齊宣王部下鄒忌問自己的妻子説：「我比城北的徐公，誰更漂亮？」

② 妻子答：「當然是你漂亮，徐公怎能和您比呢！」

③ 鄒忌的客人也説他漂亮。

④ 有一次，鄒忌親眼見到了徐公。

⑤ 鄒忌想：妻愛我，客人有求於我，所以都討好我；今見徐公，自愧不如也！

# 行將就木

行將:快要。就:靠近。木:棺材。快要進棺材了。比喻人或某事物的壽命不長了。

謎語:李子丟了

①春秋時期,晉獻公聽信讒言要殺自己的幾個兒子。

②於是公子重耳為了保住性命,向不同的國家投奔逃亡。後來還在翟國娶妻生子。

我已經二十五歲了,再過二十五年我行將就木,還嫁甚麼人,請讓我始終等你吧。

③在重耳投奔齊國的時候,對妻子季隗說:"你等我二十五年,如不回來就改嫁吧!"

④當重耳回國即位後,就接回了妻兒。

# 似是而非

好像是，又好像不是；好像是對的，實際上又不對。
（鄴：中國古代一邑名，舊址位於今河北邯鄲市臨漳縣、
磁縣和河南省安陽市安陽縣交界處。）

① 戰國時期，魏國國君魏文侯派西門豹到鄴做地方官。

② 臨行前，西門豹向魏文侯請教如何治理鄴。

民間事物許多都似是而非，所以要善於區別真偽。

③ 魏文侯對西門豹千叮萬囑。

④ 西門豹謹記囑咐，到鄴上任後，破除迷信，興修水利，受到了民眾的稱讚。

# 別開生面

別：另外。生：新的。面：局面，格式。另外開創新的局面或風格、式樣。

① 唐太宗為表彰二十四位開國功臣，為所有功臣各畫了一幅肖像，放在凌煙閣。

幫朕個忙，給他們洗洗臉！

② 七十多年後，畫像老化變色，唐玄宗命擅長丹青的曹霸去修復這些老畫。

朕封你為左武衛將軍！

③ 曹霸把畫修復好後，唐玄宗一看比原來畫得還好，便封他為左武衛將軍。

凌煙功臣少顏色，將軍下筆開生面。

④ 安史之亂後，大詩人杜甫在成都遇見曹霸，十分感慨，寫了一首題為《丹青引》的詩贈予曹霸。

# 助紂為虐

紂：商朝末代君主，歷史上有名的暴君。虐：暴虐。幫助紂王幹暴虐的事。比喻幫助壞人幹壞事。也作“助桀為虐”。

謎語：虎皮歪帽頭

① 秦朝末年，劉邦帶領漢軍進入秦國都城咸陽。

② 發現了秦王宮財寶無數，美女如雲，劉邦想住進去。

③ 可是樊噲、張良都勸他：“你要享受秦王享受過的快樂，簡直是助紂為虐。”

④ 終於劉邦醒悟過來，撤出了咸陽。

123

# 否極泰來

否、泰：《周易》中的兩個卦名，否是凶卦，泰是吉卦。
極：極限。指壞運氣發展到了極限，好的事情就會到來。
也作"否極生泰""否極而泰"。

① 春秋時期，越吳交戰，越國被吳國打敗。

時過於期，否終則泰。

他就是越王勾踐！

② 越王勾踐被抓到吳國養馬，遭到恥笑。

看你對吳王很忠心，吳王放你回國了。

謝吳王！

③ 但他忍辱負重，依然顯出對吳王忠心的樣子，於是不久被放回越國。

④ 在勾踐回國後，每日舔苦膽汁提醒自己當日的恥辱，積蓄兵力，終於打敗了吳國。

# 呆若木雞

若：像。發呆得像木頭製作的雞一樣。形容因驚訝或恐懼而發愣的樣子。

練十多天了，鬥雞練得如何了？

還差點，不夠火候。

① 春秋時期，紀渻子為周宣王馴養鬥雞。宣王幾次詢問練得怎樣了，他都說不夠火候。

我可厲害了，你不怕嗎！

② 到最後，這隻雞聽到別的公雞叫時，總是冷靜，面無表情。

嗯，差不多了，可以出山了！

呆得像木頭做的雞能行嗎？

③ 紀渻子認為這隻雞呆頭呆腦，不動聲色，就說明已經進入最佳狀態。

我的媽呀，跑慢了命就沒了！

④ 果然，別的鬥雞一見到牠都驚慌逃跑，這隻呆若木雞的鬥雞連連告捷。

# 妙筆生花

妙筆：指寫文章、作書畫的高超技巧。形容才思敏捷，詩文寫得非常漂亮。也作"生花妙筆""夢筆生花"。

① 少年時期的李白學習非常刻苦。

真是個愛睡覺的孩子……

② 傳說中，有一次，他在讀書疲勞困倦中竟然伏案睡着了。

③ 他夢見自己的筆一節一節地長高，最後還開出了花。

這是怎麼回事？簡直是太神奇了！

④ 神奇的夢境讓他感到不可思議。

⑤ 從此以後，李白才思敏捷、出口成章，成為一位偉大的詩人。

# 完璧歸趙

完：完好。璧：扁圓形、中心有孔的玉。比喻把原物完好無損地歸還原主。

謎語：：海菜

用一塊破石頭，換我十五座城池，趙王可佔了大便宜！

① 戰國時期，秦國表示願意用十五座城跟趙王交換和氏璧。

你多加小心，別讓秦王給騙了。

② 由於秦國強大，不可拒絕，趙王無奈只好派藺相如帶着和氏璧去秦國。臨行前，趙王對藺相如千叮萬囑。

如果拿不到秦國的十五座城池，我就將和氏璧完好無損地送歸趙國。

③ 藺相如接受了使命，並向趙王承諾會保護好和氏璧。

哈哈，真是個好寶貝！謝謝啦。來人吶，送客。

上當了！

④ 秦王拿到和氏璧後，根本沒有歸還的意思。

這璧有個小毛病，我指給您看……

好的。

⑤ 藺相如知道上當後，便設法拿回和氏璧，並故意拖延交還和氏璧的時間。

秦王不誠信，騙了咱們。快，走小路，把和氏璧送回趙國，交給趙王！

⑥ 他暗地裏命下人把和氏璧送回了趙國。

127

# 弄巧成拙

弄：玩弄，耍弄。巧：聰明。拙：愚笨。本想耍小聰明，結果卻做了蠢事。

謎語：落草為王

我有點事要外出，這畫的輪廓已畫好了，你們接着上顏色，大家要認真仔細地畫。

① 北宋時期，著名畫家孫知微應成都壽寧寺之邀，帶弟子來為其畫《九曜星君圖》。

老師每次畫瓶總要在瓶上畫束插花，這次可能匆忙忘了畫。

說得好像有點道理。

② 老師走後，弟子們在着色時發現圖中水曜星君的侍從童子手中的水晶瓶是空的。

我"瓶上添花"，老師就會更賞識我了。

③ 有位弟子認真地在瓶上畫了枝蓮花。

這是誰幹的？這真是弄巧成拙！

④ 孫知微回來看到童子捧的瓶中冒出枝蓮花，氣憤地叫起來。

瓶上添束花，寶瓶就不是神物而是普通的花瓶了。

⑤ 孫知微告訴弟子，水曜星君的水晶瓶是鎮妖伏魔的寶貝。

# 弄假成真

本想裝假，而結果卻成了真事。

謎語：一直、一撇、一點

① 三國時期，孫權為了收復被劉備佔據的荊州絞盡腦汁。

② 周瑜前來獻計：請將孫權的妹妹嫁給劉備，以此誆騙劉備來東吳後，將其殺死。

③ 劉備依照諸葛亮的計策來到東吳，不料老國太十分喜歡劉備，執意將女兒嫁給劉備。

④ 孫權非常懊惱。事情竟然弄假成真，可荊州還是沒有收回。

# 忍辱負重

負：擔負，承擔。重：重任。忍受恥辱，承擔重任。

謎語：心有餘而力不足

① 三國時期，東吳孫權命年輕的陸遜為大都督。

② 一些部將因資格老而不服陸遜。

③ 陸遜握着劍告誡諸位部將："我雖然是一介書生，但能忍辱負重。現軍令如山，不可違犯。"

④ 最後陸遜團結眾人用火攻打敗了劉備。

# 快刀斬亂麻

用鋒利的刀砍斷一團亂麻。比喻以果斷而迅速的手段，解決紛繁複雜的問題。

謎語：驅除魔鬼

兒子們，這裏的幾團亂麻，你們各自將它整理好。

① 東魏丞相高歡設計了一個測試，看看自己的哪個兒子聰明。

② 別的兒子都在焦急抽着亂麻，唯有高洋不慌不忙找來快刀。

亂麻必須用刀斬斷。

③ 高歡問高洋為甚麼不整理亂麻。

④ 高洋果然不凡，後來成為了北齊文宣帝。

# 扶老攜幼

攜：用手拉着。扶着老人，領着小孩。形容人們結隊而行。也指幫助老人，照顧兒童。

孟嘗君瞧不起我，把我當下等客人，我乾脆離開算了！

① 春秋時期，齊國相國孟嘗君有個門客叫馮諼。他覺得主人不重視他，所以常發牢騷。

孟嘗君對我這麼好，我一定要找機會報答他！

② 孟嘗君知道後，就把他由下等客人升為上等客人。

孟嘗君說了，無力還錢的就不用還了。

我因病無力還錢。

③ 孟嘗君派馮諼到薛地討債。馮諼見當地人拮据，便以孟嘗君的名義取消債務。

我替主人在薛地買了個"義"的好名聲！

"義"的名聲有何用？

④ 而孟嘗君卻不知馮諼是為他好，並怪罪馮諼。

先生給我買的"義"，我今天看到了！

歡迎恩人孟嘗君。

感謝恩人孟嘗君！

⑤ 後來，孟嘗君被解除相國官位回到薛地，薛地百姓扶老攜幼，出城百里相迎。

# 改過自新

自覺改正錯誤，重新做人。

謎語：省下一半

① 西漢時期，齊國的太倉令淳于公因為犯罪，被獄官逮捕，押往長安。

② 他的小女兒緹縈為了解救父親，也跟着到了長安。

③ 她還上書漢文帝：齊國人人稱讚我父親為人廉潔，現在犯法理應受刑。我哀傷的是，人死了再也不能復活，即使他想改過自新，也沒有機會了。

④ 漢文帝深受感動，於是赦免了淳于公的罪行。

133

# 杞人憂天

杞：周代諸侯國，在今河南杞縣。據載，杞國有個人，因擔心天塌下來而寢食難安。比喻毫無必要或毫無根據地憂慮。

謎語：先後見楊妃

① 春秋時期，杞國有個人整天擔心天會突然塌下來。

② 為此他寢食不安。

③ 別人告訴他天不可能塌下來，他又擔心太陽、月亮、星星掉下來砸破頭。

④ 直到別人告訴他這也是不可能的，他才放心。

# 肝膽相照

肝膽：比喻誠摯的心。比喻雙方以赤誠之心相待。

項羽的主意我不能接受。

① 楚漢對立，深諳兵法的韓信手握重兵，項羽派人說服他反漢聯楚。

將軍功高震主，將來天下一旦平定，必有殺身之憂。

② 謀士蒯通為韓信前途憂慮，也勸說韓信。

我願與將軍肝膽相照，貢獻我的所有智慧。

③ 蒯通說自己一片赤誠，只怕韓信不能信任他。

我念劉邦知遇之恩，他不會害我，你的主意我也不接受。

④ 蒯通勸韓信與楚漢三分天下，鼎足而立，才能保全自身，使百姓免於戰禍。

我辜負了與我肝膽相照的蒯通。

⑤ 後來劉邦稱帝，便削去韓信的兵權，貶為淮陰侯。最後，韓信被呂后以謀反罪誅殺。

# 見利忘義

看到了利益便忘記了道義。

謎語：規勸良人歸（良人：丈夫）

我死後，就由咱呂家的呂產和呂祿掌握國家大權。

① 漢高祖劉邦死後，大權落在呂后手裏，這激起群臣不滿。

我們用計把呂黨的要人酈寄爭取過來。

讓酈寄説服呂祿把兵權還給我周勃。

② 呂后死後，老臣太尉周勃與丞相陳平密議剷除呂家勢力。

③ 酈寄出面約他的好友呂祿外出打獵，藉機殺掉呂祿。

酈寄功不可沒啊！

酈寄出賣朋友呂祿，真是見利忘義。

④ 後來，呂氏勢力全被消滅，酈寄被封為大將軍。

酈寄為了國家安定而與朋友決裂，不應該受到譴責。

⑤《漢書》的作者班固認為，酈寄不屬於“見利忘義”。

# 見怪不怪

指看到怪異的事物，鎮定自若，不以為怪。

① 宋朝時期，開旅店的姜七養了一頭會哭的豬。

我是姜七的祖母，生前養豬賣豬，死後投胎為豬。嗚嗚……

② 一天夜裏，那頭豬又哭了起來，一位客人聽到母豬在說話。

畜生的話怎能相信？見怪不怪，其怪自敗。

你要好生奉養那頭老母豬。

③ 第二天，客人將這件事告訴了姜七，他卻不以為然。幾天後，姜七就得病了。

④ 他認為是母豬作怪，就把豬殺掉賣了，結果病情加重而死去。

# 見異思遷

異：別的，另外的。遷：改變。看見其他事物就改變原先的主意。形容意志不堅定，志趣、愛好不專一。

謎語：窩頭

① 春秋時期，齊桓公問丞相管仲怎樣才能使民眾安居樂業。

② 管仲說，不可讓士、農、工、商的人雜處而居。

③ 例如，要讓士住在清靜之地，讓農民住在田野鄉間，讓工匠近官府，商人近市場。

④ 人們思想安定就不會受別的事物干擾而改變意志。

# 言不由衷

由：從。衷：內心。說的話不是發自內心。形容心口不一

謎語：國外進口

① 春秋時期，鄭莊公掌握着周王朝的朝廷大權。

② 但周平王想讓西虢公管理朝政，鄭莊公知道後很不滿。平王為了解除莊公的疑慮，就和鄭莊公互相交換兒子為人質。

③ 當周桓王繼位之後，仍然想讓西虢公執掌周朝大權。於是鄭莊公知道後派軍去搶收周王室領地的糧食。

④ 後來的史官對這件事的評論是："信不由中，質無益也。"也就是說：信約如果不是出自雙方內心，即使交換了人質也無濟於事。

# 言過其實

過：超過。實：實際。指說話誇大，與實際情況不符。

① 三國時蜀國的馬謖熟讀兵書，受到諸葛亮的器重。

② 劉備臨死時，告誡諸葛亮。

> 不會吧？

> 馬謖這人言過其實，不可大用！

③ 諸葛亮沒放在心上，依然重用馬謖。

> 馬謖你去守街亭。

④ 馬謖因照搬書本教條作戰，被魏軍擊敗，街亭失守。

> 軍法難容。斬！

⑤ 諸葛亮悔恨交加。

> 悔恨當初沒有聽皇叔的告誡啊……

# 車水馬龍

車來往不斷，像流水一樣；馬多得像一條游動的長龍。
形容交通繁忙，熱鬧繁華。

謎語：發軔之初

① 東漢時期，章帝的母親馬太后為人十分正直。

② 一些大臣為了討好馬太后，鼓動皇帝給太后的兄弟加官進爵。

萬萬不可！

③ 馬太后則告誡章帝，要謹記前朝教訓。

我的兄弟個個都很富有，去他們家拜訪的車像流水般綿延不斷。他們只知道享樂，不知道如何為國家分憂解愁，我怎麼能同意給他們加官進爵呢？

④ 馬太后明確反對自己的兄弟封侯，並專門為此發了詔書。

# 迅雷不及掩耳

迅雷：猛烈的雷。炸雷來得非常快，以至於都來不及捂掩耳朵。比喻某事件或動作來得很突然，使人猝不及防。

謎語：需要一半，留下一半

① 東漢末年，曹操率軍與韓遂、馬超的軍隊在潼關交戰。

② 韓遂、馬超憑藉自己的戰略優勢，向曹操提出割地講和的要求。

答應他們的要求！

③ 實際上，曹操只是表面上順着他們，使對方毫無防備之心，而暗地裏卻積蓄兵力。

④ 突然曹操就率軍以迅雷不及掩耳之勢把韓、馬軍隊殺個措手不及，大敗而逃。

# 初出茅廬

茅廬：草屋。諸葛亮感念劉備三顧茅廬的誠意，接任軍師，首戰即大敗曹兵，立下戰功。後人讚為"初出茅廬第一功"。後引申為剛走上社會或工作崗位，缺乏經驗。

謎語：跳水得大獎

① 三國時期，劉備三顧茅廬，請了諸葛亮出山當軍師。

② 諸葛亮剛出山，就碰上曹軍大將夏侯惇帶十萬大軍來攻打。

③ 經過諸葛亮的一番設計，漢軍在博望坡擊退了曹軍。

④ 關羽和張飛對諸葛亮十分佩服。

# 初生牛犢不怕虎

剛生下來的小牛犢不怕老虎。比喻年輕人敢想敢幹，無所畏懼。

① 三國時期，劉備派大將關羽奇襲曹操的襄陽。

② 曹將龐德讓士兵抬着一口棺材上陣，誓與關羽決一死戰。

人言關公英雄，今日方信也。

③ 結果兩軍大戰百餘回合，不分勝負最後各自收兵。

俗話說，初生牛犢不怕虎，父親縱然斬了此人，也只是一名西羌小卒。

龐德果然刀法嫻熟！

④ 後來，關羽水淹七軍，俘虜了于禁、龐德。于禁投降，龐德破口大罵，於是關羽下令處死龐德。

# 事半功倍

事：所做事情，指措施。功：功效，成效。只用一半的措施，卻收到加倍的功效。形容用力小而收效大。

謎語：佔下位置

① 戰國時期，孟子和弟子公孫丑談論天下統一的問題。

如今天下百姓受暴政折磨，如能施行仁政就好了。

② 孟子認為：周文王以方圓僅一百里的小國為基礎，因施行仁政而創立了豐功偉業。

當今的齊國施行仁政，不僅可以解除百姓痛苦，讓天下人高興，而且"事半古之人，功必倍之"。

③ 孟子的言論使弟子深有感悟。

# 事必躬親

躬親：親自。凡事都要自己親自去做。

謎語：刀口最先癒合

① 三國時期，劉備死後，兒子劉禪繼位。

去問丞相。

② 但劉禪年幼，凡事都需要向丞相諸葛亮詢問。

③ 而諸葛亮怕有負劉備所託，於是每件大小事都要親自過問。

④ 結果經過諸葛亮的治理，蜀國一片繁榮。

# 刮目相看

刮：擦拭。指不能再用老眼光看人或事物。

謎語：一千口刀

> 軍隊裏事務多，我沒時間讀書。

> 我日理萬機，都要不停地讀書。

① 三國時期，吳國大將呂蒙英勇善戰，但文化水平低。吳主孫權勸他要多讀書。

> 我是先學《孫子》呢，還是先學《老子》？

② 從此，呂蒙開始發奮讀書，而且進步很快。

> 沒文化的武夫能提出甚麼良策？

③ 兩年後，都督魯肅路過呂蒙駐防的營地，呂蒙向他提出戰略上的建議。

> 過去你只有武略，現在已是有學問有見識的將軍了！

> 當然，士別三日，就應該刮目相看。

④ 魯肅聽完呂蒙的建議，發現呂蒙已經是個文武雙全的人才。

# 刻舟求劍

舟：船。通過刻在船上的記號找尋落入水中的劍。比喻做事固執刻板，不懂得根據變化了的客觀形勢採取措施。

① 戰國時期，有一個楚國人乘船渡江，中途不小心將寶劍掉入江中。

這是我的劍掉下去的地方！

② 他立刻在船舷上刻了個記號，打算到岸邊水淺時下水撈劍。

天啊，你還真下去了！

③ 船到岸邊後，他跳下水按標記找劍，可甚麼也沒找到。

船是行駛的，而劍是不會動的，你在這裏怎麼能找到劍呢！

④ 船夫見了，覺得他的做法非常可笑。

# 取而代之

指奪取別人的權力、地位，而由自己代替。也指一種事物替代另一種事物。

謎語：不見岱山

① 項羽少年時代，叔叔項梁教他讀書習武，他不願好好學。

② 有一次，秦始皇的車馬儀仗巡遊會稽，項羽和項梁也在無數觀看的人群中。

③ 這時，項羽指着秦始皇說："他的統治、權勢和地位我可以奪取過來代替他！"

④ 其實項梁也暗暗讚賞項羽的膽識。後來他們叔姪倆都投入了反秦的戰爭。

# 咄咄逼人

咄咄：歎詞，表示驚訝。原指出語傷人，令人難堪。後形容氣勢洶洶，盛氣凌人。也指形勢發展迅速，使人產生壓力。

每人說一件很危險的事，但不能包含"危險"兩字。

好呀！

① 東晉時期，顧愷之和桓玄在殷仲堪家喝酒，桓玄建議玩文字遊戲，互比才華。

矛頭淅米劍頭炊。

百歲老翁攀枯枝。

井上轆轤臥嬰兒。

② 比賽開始，大家都說出了一件危險的事。

我也說句：盲人騎瞎馬，夜半臨深池。是不是很危險？

你為甚麼要如此咄咄逼人？

③ 這時，殷仲堪的一位參軍也來參與遊戲。

你說得有點過分，給我難堪呀！

④ 原來殷仲堪瞎了一隻眼，就認為這位參軍在影射他。

# 奇貨可居

奇貨：珍奇的貨物。居：指囤積。指把稀少的貨物囤積起來，等待時機高價出售。比喻把認定能夠牟利的人或物當作商品囤積起來，借以牟利。也比喻把特有的技能或成果作為撈取名利的資本。

① 戰國時期，呂不韋在趙國邯鄲做生意。在一次偶然的機會，他看到了秦昭王的孫子異人在趙國當人質。

異人乃"奇貨"也！我要發財了！

② 當時秦趙兩國經常交戰，於是他立刻預想到將來異人會給他帶來難以計算的財富。

③ 於是他花了一大筆錢賄賂監守，說服太子改名子楚回到秦國。

④ 後來子楚繼位成了秦莊襄王，感激呂不韋當年的幫助，封呂不韋為文信侯，並擔任秦國丞相。

# 奉公守法

奉：遵從。奉行公事，遵守法令。形容行為端莊、規矩。

謎語：關雲長看病

① 趙國負責徵收田賦的趙奢到相國平原君家收稅。

也不看看這是誰家！

② 管家倚仗相國平原君的權勢，拒絕交稅。

③ 於是趙奢處死了幾個領頭鬧事的人。

如果大家都不遵守國家法令，趙國就會滅亡，你應該帶頭奉公守法。

④ 平原君大怒，要處死趙奢。趙奢反駁平原君。

⑤ 平原君聽趙奢講得有道理，認為他是一個賢能的人，還向趙王推薦他去掌管全國的稅收。

# 孟母三遷

孟母：孟軻（孟子）的母親。孟軻的母親為選擇良好的環境教育孩子，三次搬遷住處。形容家長教子有方。

①孟子小時候父親早亡，家境貧寒，與母親相依為命。

②最初住在墓地附近，孟子總是喜歡學別人辦喪事玩。

③孟母就把家搬到街市附近，孟子又去學商人做買賣。

④孟母又把家搬到學校旁邊，孟子就跟着模仿禮儀揖讓之事。於是，孟母就將家安定下來。

⑤後來，孟子成為一代儒家宗師。

# 幸災樂禍

幸：高興，歡喜。別人遭受災禍時，不但不同情反而感到很高興。

謎語：街心不許堆土

① 春秋時期，晉國遇上災荒，鄰國秦國支援了一大批糧食。而當秦國出現災情的時候，晉國國君卻不管不顧。

② 若鄰國發生禍情，晉國太子就興高采烈。

③ 每當鄰國發生不幸的事情，晉國國君和太子都高興地舉杯慶祝。

④ 後來有良知的大臣們都紛紛離開了晉國。

# 所向無敵

所向：指力量達到的地方。敵：敵人。形容力量強大，
所到之處，沒有任何力量可以與之匹敵。

謎語：前昀未來

① 三國時期，曹操挾天子以令諸侯，威脅孫權把兒子送到許都去當人質。孫權找來大臣商量對策。

② 唯有孫權的主將周瑜堅決反對向曹操送人質，他首先分析了自身的有利條件。

③ 然後力勸孫權不要屈服於曹操，只要奮發圖強，就能所向無敵。

④ 孫權聽了周瑜的分析之後，就堅定了不屈服曹操的決心。

# 拋磚引玉

拋出磚頭，引來寶玉。比喻以自己不成熟的意見或粗淺的看法，引出別人的高見或佳作。

謎語：左弓右箭

① 唐朝有一位詩人叫常建，他很佩服另一位詩人趙嘏的才華，總想得到趙嘏的詩作。

② 聽說趙嘏要來蘇州靈岩寺遊玩，便先趕到寺廟，在牆上題了兩句詩。

③ 趙嘏果然來到靈岩寺遊玩，並發現牆上的兩句詩，便提筆補上了兩句，成為一首完整的七言絕句。

④ 趙嘏走後，常建趕過來觀看，覺得補寫的兩句確實比自己的高明。

# 拔苗助長

把禾苗拔起來，欲使其快快長高。比喻違反事物的發展規律，急於求成，結果反而壞事。也作"揠苗助長"。

① 宋國有個農夫，總嫌禾苗長得慢，他在田裏轉來轉去，想着讓禾苗長快的辦法。

② 他終於想出個自認為很好的注意，把禾苗一棵一棵地往上拔高了一些。

③ 他望着田裏"長高"的禾苗，感到沒白費功夫，便高高興興地回家了。

④ 第二天，他又來到田裏，可看到滿地的禾苗都枯死了，就傻了眼。

157

# 放虎歸山

歸：返回。把老虎放回山林。比喻放走已落網的敵人，留下禍根。

謎語：一半防守，一半進攻

① 東漢時期，曹操不聽謀士程昱的建議，不殺反而收留了被呂布擊敗的劉備。

② 劉備在曹操殺了呂布後，以攻擊袁術作為藉口，率幾萬人馬離開了曹操。

③ 程昱聽到消息後馬上勸阻曹操說："當初我讓你殺劉備，你不肯，你這是在放虎歸山啊！"

④ 果然劉備在擊敗袁術後，佔據了徐州。

# 明目張膽

明目：睜亮眼睛。張膽：放開膽量。原形容有膽有識，敢作敢為。現多形容公開地、毫無顧忌地做壞事。

丞相褚遂良強行買地。

降他的職！

① 唐代監察官韋思謙秉公執法，降了丞相褚遂良的職。

② 後來褚遂良又官復原職。

貶你做縣令，我算是寬恕你了。

③ 褚遂良公報私仇。

我明目張膽地執法有何後悔呢！

大人可後悔？

④ 韋思謙雖遭報復被貶官，但始終相信自己的秉公執法。

# 易如反掌

反掌：翻轉手掌。容易得像翻轉手掌一樣。形容事情非常好辦或問題非常好解決。

謎語：叛逃一半

① 孟子的學生公孫丑問孟子：「你如果在齊國當政，能否像管仲、晏嬰一樣建功立業？」

你為甚麼拿我與他倆相比呢？

② 孟子聽後很不高興。

管仲輔佐齊桓公，使他稱霸天下；晏嬰輔佐齊景公，使他名揚諸侯。難道這兩人還不值得學習嗎？

③ 公孫丑繼續追問孟子。

齊國地廣人多，想要稱霸天下，簡直像把手掌翻過來一樣容易。

④ 孟子用自己的看法來回答公孫丑。

# 杯弓蛇影

謎語：跑外圈

把牆上的弓映在酒杯中的影子當成蛇。比喻疑神疑鬼，自相驚擾。

① 漢朝時期，汲令應郴請主簿杜宣喝酒。喝酒時杜宣看見杯中有一條小蛇，但還是喝下了。

喝完酒後，我總覺得肚子裏有條小蛇在作怪。

② 杜宣回家後就病倒了。胸腹疼痛，無法飲食，病弱無力，多方治療未能痊癒。

噢！小蛇是牆上懸掛的弓在杯中的影子。

③ 應郴了解原委後，回家思考良久，終於弄清了"蛇"的來源。

④ 應郴馬上跑去告訴杜宣，杜宣心病頓時痊癒。

# 杯水車薪

薪：柴草。用一杯水去救一車燃燒的柴草。比喻力量太小，無濟於事。也作"杯水輿薪"。

謎語：不降南宋

① 從前，有個樵夫砍柴回家。天氣炎熱，他推了滿滿的一車柴草來到一家茶館門前。

不好了，救火啊！柴車着火了！

② 他在屋裏剛坐下喝了一會兒茶，就聽見外面有人高喊"着火了"。

③ 樵夫立即拿起手中茶杯就衝了出去，把茶杯裏的水向燃燒的柴車潑去，卻不起絲毫作用。

④ 火越燒越大，最後整車柴化為了灰燼。

# 東山再起

原指東晉謝安隱居會稽東山（今浙江上虞）後又出來做官。現比喻失勢後重新得勢或失敗後聚力再幹。

謎語：觸犯一半

① 東晉時期，一位很有才學的朝廷重要官員名叫謝安，但後來辭官隱居在會稽東山了。

② 一次，皇帝召見他做吏部侍郎，他卻婉言回絕了。

符堅率百萬人馬從北方打來，為了百姓，為了國家，我不能再閒居東山了。

③ 當謝安四十歲時，征西大將軍桓溫請他擔任司馬，他終於決定離開東山。

④ 後來，謝安為朝廷屢建功業，成為了晉國的宰相。

# 東施效顰

東施：傳說中的醜女，為西施的鄰居。效：仿效。顰：皺眉。比喻生硬模仿，效果適得其反。

① 春秋時期，越國美女西施，不僅有美麗的容顏，而且平時所做的動作也十分優美。

② 但西施因有心痛病，常手按胸口，皺着眉頭走路。

③ 醜女東施見別人都誇西施，也學着手按胸口，皺着眉頭的樣子。

④ 然而，東施本來容貌就醜，現在又皺起眉頭，含胸弓背，結果更難看了。

# 東窗事發

指陰謀或罪行敗露。

① 宋朝奸臣秦檜和妻子王氏曾經在東窗下密謀殺害岳飛。

② 秦檜父子先後死去，王氏請道士給他們招魂。

他們在地獄中受苦。

③ 道士作法時見秦檜父子在地獄中備受折磨。

你丈夫讓我告訴你：你們倆在東窗下商量的那件事，現在被揭發了。

④ 於是秦檜託道士伏章向王氏傳話。

# 河東獅吼

河東：古郡名，在今山西南部。獅吼：佛家用以比喻威嚴。
後比喻婦人妒悍，大發雌威，大吵大鬧。

① 宋朝時期，黃州的陳慥為人好客，自稱龍邱先生。

② 陳慥喜歡招待賓客，家裏十分熱鬧，常常持續到半夜。

③ 他妻子柳氏出身河東郡望族，為人十分兇悍，即使家裏有客人時，也會讓陳慥下不來台。

④ 詩人蘇東坡寫詩挖苦陳慥："龍邱居士亦可憐，談空說有夜不眠。忽聞河東獅子吼，拄杖落手心茫然。"

166

# 沾沾自喜

沾沾：自得的樣子。形容自以為很好而十分得意的樣子。

謎語：苦中不見有吉　事

朕封你為魏其侯。

謝主隆恩！

① 西漢時期，漢景帝的母親竇太后的姪子竇嬰，因為平息七國之亂有功。

② 此時，恰逢丞相劉舍被免職。

讓竇嬰當丞相吧？

③ 竇太后乘機向漢景帝提出要求。

他好沾沾自喜，難以勝任丞相之職！

④ 但漢景帝並沒有答應竇太后。

# 波濤洶湧

洶湧：水勢騰湧的樣子。形容波浪又大又急。

謎語：壽誕備酒

① 三國時期，魏文帝親自率軍攻打吳國。

② 魏文帝到達廣陵，在長江邊檢閱自己的十幾萬軍隊。

③ 吳國軍隊也已經在對岸做好了戰爭的準備。

④ 然而卻見長江波濤洶湧，雙方軍隊都無法渡江作戰，魏文帝無奈只好撤軍。

# 炙手可熱

炙：烤。一接近就感覺熱得燙手。比喻權勢大，氣焰盛。

謎語：一鈎斜月映篝 火

① 唐玄宗封楊玉環為貴妃後，縱情聲色，荒廢朝政大事，導致國家政治越來越腐敗了。

② 他任命楊貴妃的哥哥楊國忠為宰相，更把朝政大事全交給楊國忠去處理。

③ 結果，楊家兄妹結黨營私，只顧為自己謀利，獲得更多的財富，把朝廷弄得烏煙瘴氣。

④ 詩人杜甫對楊氏兄妹非常不滿，作《麗人行》一詩來諷刺他們的荒淫無恥："炙手可熱勢絕倫，慎莫近前丞相嗔！"成語"炙手可熱"就是出自這首詩。

# 爭先恐後

搶着往前，唯恐落在後面。

① 春秋時期，趙襄王請駕車能手王子期教自己學習駕車。

② 趙襄王學會駕車後，與王子期連賽了三場皆輸。

③ 於是，趙襄王抱怨王子期沒有把真本領教給他。

當你落後時，就怕趕不上我；當跑在前頭時，又怕被我趕上。這樣爭先恐後，就顧不上協調馬和車的配合，自然就輸了。

④ 王子期向趙襄王解釋了他失敗的原因。

# 物以類聚

類：類別。聚：聚合。同類的事物常常聚在一起。現多比喻壞人相互勾結在一起。後面常加“人以群分”連用。

我求賢若渴！

① 戰國時期，齊宣王要辯士淳于髡去物色人才。

他們都很有學問！

② 想不到只用了一天的時間，淳于髡就推薦了七位賢士。

人才本來就很難找到，而你在一天之內就推薦了七位，你是怎麼做到的？

③ 齊宣王經過測試這七位賢士，發現他們個個本領高強，非常驚訝，就問淳于髡。

物以類聚，人以群分。我也算是賢士，所以，找其他賢士就相對容易。

④ 淳于髡向齊宣王解釋。

171

# 狐假虎威

假：憑借，利用。狐狸借着老虎的威勢來嚇唬百獸。比喻倚仗別人的勢力去欺壓或嚇唬其他人。

我是天帝派到森林裏做獸王的。

① 老虎捉到一隻狐狸，想吃掉牠。

不相信，你跟我走一趟吧！

② 老虎看到狐狸又瘦又小，心裏半信半疑。

③ 狐狸大模大樣地走在前面，老虎緊緊地跟在後面，野獸們看見了都嚇得拚命逃跑。

④ 老虎不知道野獸們害怕的是自己，還以為真的害怕狐狸呢！

# 狗尾續貂

貂：一種皮毛珍貴的哺乳動物。古代皇帝的侍從用貂的
尾巴做帽子上的裝飾，因封官太多，貂尾不夠，只好用
狗尾替代。原諷刺封官太多太濫。現比喻把差的東西補
接在好的東西之後，前後不相配。

謎語：屠宰之後，損耗一半

① 西晉時期，宣帝的兒子司馬倫和大臣孫秀等合
謀篡權。

② 陰謀得逞後，所有同夥都加官晉爵，都賞賜
一頂用貂尾裝飾的帽子。

③ 每次上朝，他們都戴着用貂尾裝飾的帽子。

④ 後來由於封官太濫，官帽的貂尾不夠用，便
用狗尾來替代。

# 玩物喪志

玩：玩賞。指沉迷於自己所喜好的東西，喪失了向上進取的志向。

謎語：先喜後悲

① 春秋時期，衛國的衛懿公整天與鶴為伴，荒廢了朝政。

② 有時候，他甚至讓鶴乘坐高級豪華的車，比國家大臣所乘坐的還要高級。

國君對牠們那麼好，就讓牠們去殺敵吧！

③ 為了養鶴，每年耗費大量錢財。衛懿公玩物喪志，引起大臣不滿，百姓怨聲載道。

④ 後來北狄部落入侵國境，衛國因為無人願意去抵抗而戰敗。

# 盲人摸象

比喻只憑對事物的片面了解，便妄加推斷，以偏概全。
也作"盲人説象"。

謎語：莫要動手

大象就像一個又大又粗又光滑的大蘿蔔。

① 有四個盲人想知道大象是甚麼樣，就用手摸。胖盲人先摸到了大象的牙齒。

不對，不對，大象明明是一個簸箕嘛！

② 高個子盲人摸到的是大象的耳朵。

你們淨瞎説，大象只是根大柱子。

③ 矮個子盲人摸到了大象的腿。

唉，大象哪有那麼大，牠只不過是一根草繩。

④ 那位年老的盲人摸着的是大象的尾巴。

你們都沒有看見我的全身，就以偏概全，把我大象的光輝形象給毀了。

⑤ 四個盲人爭吵不休，都説自己摸到的才是大象真正的樣子。

# 知難而退

原指做不到的事情就不要去做。現多指知道有困難就退縮不前。

謎語：灘前落潮

① 春秋時期，晉、楚兩國為爭霸權，經常借機攻擊對方。鄭國處於晉楚兩國之間，如果一旦依附晉國，楚國就會派兵征服鄭國。

② 所以，晉國派元帥荀林父、先縠、士會等帶兵，以援救鄭國為名，去和楚國作戰。

③ 後來，聽説楚、鄭兩國已經講和，荀林父和士會認為，在這種情況下，晉國應該知難而退。

④ 但先縠不肯，執意帶兵進攻，結果被楚軍擊敗。

# 臥薪嘗膽

薪：柴草。膽：苦膽。比喻發憤圖強，刻苦自勵。

謎語：要員先後來（一半）

① 春秋時期，吳國攻打越國，越王勾踐兵敗投降，受盡折磨和凌辱。

② 勾踐被釋放回國後，為堅定復仇意志，拿柴草當褥子，頭上掛着苦膽，每天去嚐膽汁。

③ 還同妻子一起勞動，與百姓同甘共苦。

④ 由於全國上下齊心協力，越國終於一舉消滅了吳國。

177

# 花言巧語

原指華麗動聽但內容空泛的言語或文辭。後多指巧妙動聽的謊話。

謎語：偉人雖逝留遺言

① 王實甫在《西廂記》中記述，書生張生家境貧寒，與相國千金崔鶯鶯一見鍾情。

② 但相國夫人卻要把女兒嫁給尚書的兒子。

③ 於是張生託丫鬟紅娘把情書給鶯鶯，鶯鶯假裝生氣給張生回信，但實際是暗中約他私會。

④ 紅娘看出其中破綻，故意裝作不願送信。鶯鶯只好花言巧語騙她去送信。

# 迎刃而解

刃：刀口。解：分開。原指用刀劈竹子，劈開上端，下面的迎着刀口就裂開了。比喻關鍵問題解決了，其他有關問題便很容易得到解決。

① 西晉大將軍杜預奉命進攻吳國。

② 正當杜預想乘勝滅除吳國時，有人勸他明年再去攻打。

③ 可是杜預認為：現在士氣正旺，所有戰爭問題就像破竹一樣會迎刃而解的。

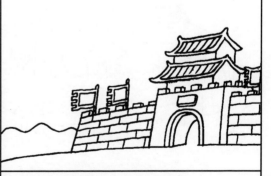

④ 果然杜預指揮着部隊滅掉了吳國。

# 近水樓台

靠近水邊的樓台先照到月光。比喻所處環境便利或條件優越而首先獲得好處。也作"近水樓台先得月"。

① 北宋時期，范仲淹曾任杭州知州。他手下的官員經過他的推薦都調到了自己理想的職位。

② 因為巡檢蘇麟一直在外縣工作，沒有得到范仲淹的推薦。

③ 蘇麟心中不服氣，於是寫詩給范仲淹："近水樓台先得月，向陽花木易為春。"

④ 最後，范仲淹按照蘇麟的願望，為他推薦了工作。

# 返老還童

返：回轉。使老年人回到童年時代。形容改變衰老，恢復青春。

謎語：挖土種樹重修　寨

① 據《神仙傳》記載：漢朝的淮南王劉安喜歡求仙學道，並重金招募有此專長的人。

② 一天，八個白鬍子老人說有長生不老術願意奉獻。

自己都這麼老了，怎麼會有長生不老之術！

③ 劉安見是八個白鬍老人，就讓人把他們趕走。

④ 結果老人們聽說劉安嫌他們老，一下子變成了兒童。劉安馬上道歉並歡迎他們。

# 金玉其外，敗絮其中

敗絮：破棉絮。外表如金玉一樣精美，內裏卻像破爛的棉絮。
形容表裏大不一樣，表面好而本質低劣，徒有其名。

謎語：幼小無力，恕難關心

多美的柑子，我買了。

① 元末明初，杭州有個賣柑的人，善於保藏柑子，經過冷熱天都不會爛掉，人們都爭相購買。

② 劉基也買了一些回家。只見柑子外表的皮色鮮紅得像火一樣，玉質而金色。

怎麼外表金色玉質，裏面卻像爛棉花！

③ 但是剝開一看，裏面的柑肉竟枯乾得像爛棉花一樣。劉基為此質問賣柑人。

那些當官的坐高堂，騎大馬，使人望而生畏，實際上還不是跟我的柑子一樣！

④ 賣柑人卻說："那些當官者哪個不是官樣十足，實際上還不都是金玉其外，敗絮其中！"

# 金石為開

金石：金屬與石頭，指最堅硬的東西。像金石這樣堅硬的東西都被感化了。形容對人真誠所產生的強大感染力。

① 古時候有一天，楚國人熊渠子在夜晚外出巡查。

② 突然看見前面有一隻蹲伏的老虎，於是彎弓射箭，正中目標。

③ 上前查看，原來是塊形似老虎的石頭。而箭已射入石中，箭鏃和箭桿的雕翎全都隱沒石中不見了。

④ 他再次射箭，箭均被彈回，石頭上沒有留下任何痕跡。後有人解釋……

⑤ 先前箭能穿石，不僅是因為熊渠子力氣大，更重要的是他集中精神，憑藉堅強的毅力，即使金石那樣堅硬的東西也阻擋不住！

183

# 長驅直入

謎語：植樹節

長驅：長距離地策馬奔走。直入：不停頓地一直向前。軍隊以不可阻擋的威勢快速進軍。形容進軍迅速而順利。

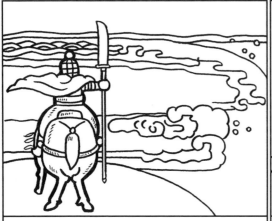

① 東漢末年，關羽引水去淹曹操部將曹仁守衛的樊城。

② 當洪水沖入樊城的時候，曹仁處境危急。曹操派大將徐晃前往解救。

③ 徐晃率軍一直衝進關羽對曹仁的包圍圈中，大敗關羽，解救了曹仁。

④ 曹操慰勞徐晃的時候讚歎："我用兵三十多年，所知古代善於用兵的人中，還沒有一個人能像你這樣長驅直入敵人的包圍圈中的。"

# 門可羅雀

羅：張網捕捉。門前可以張網捕鳥。形容門庭冷落，來訪賓客極少。

謎語：醉後磕頭

① 漢朝有位叫翟公的人。在他當官的時候，家裏總是賓客盈門，很是熱鬧。

② 後來，他被罷官，門前頓時冷清，簡直可以在門外架網捕雀了。

把我的鳥都嚇跑了！

③ 又過了一段時間，他官復原職，以前的客人又都上門拜訪了。

大人，我們來賠您的小鳥了！

④ 翟公感歎："一貴一賤，交情可見。"

# 門庭若市

市：集市。門前和庭院像集市一樣。形容來人很多，非常熱鬧。

謎語：十分節約得大獎

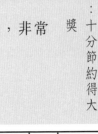

吾王真是蓋世明君！

① 戰國時期，齊威王受左右臣子的蒙蔽，聽不到正確的意見。

我妻子和身邊的人都誇我比美男子徐公還美，其實我並不如徐公美，是因為他們愛我或有求於我才說奉承話。

② 有位叫鄒忌的相國用諷喻的辦法去規勸齊威王。

宮裏的嬪妃偏愛您，朝廷裏的臣子們怕您，全國百姓有求於您，因而他們都對您說好聽的話而不肯說實話。

此話確有道理。

③ 鄒忌讓齊威王明白了臣子們不說實話，使他聽不到不同聲音而受蒙蔽的原因。

今後，凡官吏、百姓能當面指責我過錯的賞上等獎，上奏章規勸我的賞中等獎，民眾議論我過失，讓我聽到的賞下等獎。

④ 於是，齊威王下令徵求臣民的意見，命令剛頒佈，就出現了"群臣進諫，門庭若市"的場面。

# 青出於藍

青：靛青色。藍：蓼藍，一種含有靛青的草，靛青是從蓼藍中提煉出來的，但顏色比蓼藍還深。比喻學生超過老師，或後人勝過前人。也作"青出於藍而勝於藍"。

謎語：家中添一口

① 北魏李謐找到博士孔璠拜師。

② 李謐勤奮好學，在孔璠的指點下，進步很快，甚至有的地方已經超越了老師。

③ 看到李謐的進步，孔璠讚不絕口。有時，孔璠還向李謐請教難題，李謐覺得不好意思。

④ 孔璠誠懇地說："師生關係不是固定不變的，誰有學問誰就可以當老師。"

# 非驢非馬

既不是驢，也不是馬。形容不倫不類，甚麼也不像的東西。

謎語：累壞騾子（騾子：馬和驢的雜交後代。）

① 漢朝張騫出使西域，同西域各國建立良好關係。

漢朝的制度、服飾都太好了！

② 龜茲國王就對漢朝的宮殿和宮廷禮儀非常喜歡。

要建成和長安皇宮一樣的宮殿！

③ 他下令要把宮殿、禮儀等都改為漢制，處處模仿漢朝。

真是驢不像驢，馬不像馬。

④ 人們對此議論紛紛。

# 前功盡棄

功：功勞或功夫。盡：都，全部。棄：丟棄。已取得的
成績全部丟棄，所花費的功夫全部白搭。

① 戰國時期，秦國將軍白起驍勇善戰，打了許多
勝仗。

② 後來進攻魏國都城大梁。

如果大梁失守，周王
室必受威脅。你不妨
對白起講，將軍之前
已立下很多功勞，如
遠道攻打大梁不下，
豈不前功盡滅？不如
託病不去打魏國。

③ 魏國謀士蘇歷向周赧王求助。

④ 但是因周王室已衰微無力，蘇歷的主張自然
無法實現。

# 南轅北轍

轅：車前駕牲口的長木。轍：車輪碾過留下的痕跡。本來要往南去，車子卻往北行。比喻行動與目的相反。

① 戰國後期，魏王想攻打趙國，謀臣季梁用自己的親身經歷勸說他。

② 有個人要從魏國到楚國，卻向北走。季梁說：「你應向南，為甚麼朝北跑呢？」

③ 這個人說：「不要緊，我有一匹好馬！」季梁說：「不管你的馬有多好多快，方向錯了，是到不了楚國的！」

④ 這個人又說：「我馬夫趕車的本領大！」季梁說：「那也只能是越走越遠啊！」

⑤ 現在魏王想仗勢稱霸，越這樣做，離稱霸的目的就越遠。

190

# 哄堂大笑

形容滿屋子的人同時大笑。

① 五代時期，馮道與和凝同在中書辦理事務。

② 和凝見馮道穿新衣與新鞋，就問馮道的新鞋價錢。

③ 馮道舉起左腳說，才九百文。和凝馬上就責備身邊的下人，說他買鞋花了一千八百文，一定是貪污了九百文。

④ 馮道馬上舉起右腳說，這也是九百文，於是哄堂大笑起來。

# 姜太公釣魚，願者上鈎

謎語：頻邀客散步

姜太公：姜尚，字子牙，西周初年，幫助周武王伐紂的功臣。
比喻心甘情願地去做可能吃虧上當的事情。

① 商朝末年，姜太公不滿社會黑暗，獨自隱居到渭水邊上。

② 其實他釣魚與眾不同，用直鈎，沒有魚餌，離水面三尺垂釣。

③ 周文王途經此處，與姜太公交談，很欣賞姜太公的才能。

④ 周文王請姜太公做了國師。於是，姜太公輔助周文王、周武王消滅了商朝。

# 待價而沽

待：等。沽：出賣，出售。等到有好價錢時再賣出去。舊時比喻等待時機出來做官。現多比喻等待有好的待遇、條件才肯答應任職或做事。

① 春秋時期，孔子周遊列國。

② 推行自己的主張，卻常常碰壁，得不到重用。

假如這裏有一塊美玉，是應該把它放在櫃子裏藏起來呢，還是等待識貨的商人出高價出售呢？

③ 他的學生子貢很不理解，於是向他請教。

等個好價錢賣掉它！

④ 孔子回答了子貢的問題，表達了他不灰心、不放棄的決心。

# 後生可畏

後生：指年青人。畏：敬畏。指年青人常常會超過他們的前輩，是值得敬畏的。

謎語：有人出口供

你為甚麼不和大家一起玩？

① 春秋時期，孔子在遊歷的時候，看見兩個小孩正在玩耍，另一個小孩卻站在旁邊。孔子好奇地詢問了站在旁邊的那個小孩。

他們激烈地打鬧可能害人的性命，拉拉扯扯地玩耍也會傷人的身體。

② 小孩很認真地回答不願意和他們玩的原因。

你為甚麼不避讓車子，給我們讓路？

我只聽説車子要繞城走，沒有聽説過城堡還要避讓車子的！

③ 這時，小孩在路中間用泥土堆成一座城堡，自己坐在裏面玩。

你這麼小的年紀，懂得的事理真不少呀！

我聽説魚生來會游泳，兔生下來三天就能跑，這都是自然的事，有甚麼大小可言呢？

④ 孔子覺得這麼小的孩子，竟然如此會説話，實在是了不起。

好呀，我現在才知道後生可畏呀！

⑤ 孔子不禁由衷感歎。

# 後來居上

居：處在。後來的超過了原來的，後輩勝過前輩。

謎語：鋸掉前頭

① 西漢大臣汲黯，為人嚴正，從不屈服權貴。

② 他進京入職的時候，資歷已經很深，而且官位也已經很高了。

③ 而公孫弘、張湯只是一般小吏，但為人處事恰到好處，加上政績顯著，官職就漸漸被提升到汲黯之上。

④ 汲黯憤憤不平地，認為皇帝任用群臣就像堆柴草，後面搬的反而堆在最上面。

# 後起之秀

秀：指優秀人物。比喻新成長起來的優秀人物。

① 東晉人王忱，學識淵博，才華橫溢，親戚和朋友都很喜歡他。

② 王忱的舅父范寧常與社會名流交往。王忱去舅父家遇到名士張玄。

③ 張玄擺老前輩架子，想讓王忱主動自我介紹，但王忱卻一言不發。

他如果真心想與我交往，也可以主動找我談呀！

④ 張玄走後，舅父責怪王忱。王忱卻另有説辭。

你真是風流有望，後來之秀啊！

⑤ 聽了王忱的話，舅舅反而很欣賞這個外甥。

# 後顧之憂

顧：回頭看。憂：憂慮。需要回頭照看的麻煩事。多指來自後方或家庭的問題。

謎語：裁減一半，留下後患

① 北魏尚書李沖很受孝文帝器重。

② 孝文帝率兵南征時，李沖留守總管朝廷政務。

③ 李沖為國事操勞，深受百姓愛戴。

只有你主持朝政，我出征才沒有後顧之憂啊。

李沖之

④ 後來，李沖因勞累過度，積勞成疾，沒多久就病逝了。孝文帝痛悔不已。

# 急流勇退

指船在激流中果斷退回來。原比喻官場得志時果斷引退，以免禍患。今常比喻在順境中及早抽身。也作"激流勇退"。

① 宋代的錢若水想拜華山道士為師。

② 道行高深的老道士通過觀察，認為他不宜修道，説他是個能急流勇退之人。

③ 不久，錢若水考中進士。

④ 後又官至樞密院副使。

⑤ 但他在四十歲正得意之時，便辭官歸鄉了。

# 指鹿為馬

比喻故意歪曲事實，顛倒黑白。

謎語：搶先接旨

① 秦朝丞相趙高要試探大臣們是不是真的服從他的命令。

> 皇上，臣送您一匹駿馬。

② 一天，他牽了一頭鹿到朝堂上。

> 丞相弄錯了，這是鹿呀！

③ 秦二世明知道是鹿，又問左右官員，結果有的官員說是鹿，有的官員說是馬，還有的不說話。

④ 結果，後來凡說是鹿的人後來都遭到了趙高的暗算。

# 按兵不動

按：抑制，止住。兵：軍隊。使軍隊駐紮下來暫不行動。現比喻接受任務後卻不行動。也指有計劃地抑制某種事情的進行。

謎語：六斤不足，八斤有餘

① 戰國時期，晉國的趙簡子想攻打衛國，於是派史默先到衛國觀察動靜。

史默，你先去衛國收集情報！

② 史默一去就是半年。

③ 終於史默歸來，向趙簡子匯報衛國的情況。

怎麼去了那麼久？

現在，衛國國君開明，輔佐他的賢才很多，國家治理得很好。

④ 根據情況的變化，趙簡子認為攻衛的時機還不成熟，和史默一起商量決定：

我們暫時按兵不動。

200

# 春風得意

在和煦的春風中，心中爽快而適意。原指讀書人考試中榜後的得意心情。現多形容功成名就的樣子。

① 唐朝後期，官場科考腐敗，學子很難了卻心願。

② 有個叫孟郊的湖州人性情耿直，年近半百才考中進士。

③ 他高興得在長安城內策馬狂奔，詩興大發。

④ 創作詩一首《登科後》，當中寫道："春風得意馬蹄疾，一日看盡長安花。"

# 約法三章

約：議定。法：法律。章：條目。共同議定三條法律。現泛指訂立簡單條款，相約遵守。

① 秦朝末年，楚漢相爭。

② 劉邦帶領軍隊攻佔了秦朝都城咸陽。

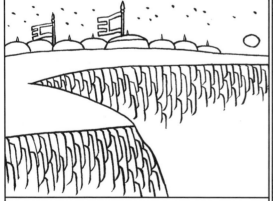

③ 進入咸陽之後，劉邦接受了張良的建議，把貴重物品全封起來，帶軍回到霸上。

④ 離開咸陽城的時候，劉邦看到咸陽城裏社會秩序混亂，就與父老約法三章：殺人者死，傷人及盜抵罪。

# 美輪美奐

輪：高大的樣子。奐：眾多的樣子。形容建築物高大眾多，
華麗壯觀。

① 春秋時期，晉國趙文子新建了一所高大華麗的房屋，大夫們紛紛送禮致賀。

您的新房真是美輪美奐。

你是諷刺我奢靡。

② 大夫張老也讚歎這房屋的氣派。並且說，這房屋遇祭祀可在此奏樂，若遇喪事還可在此哭泣。

祈望我趙家能無災無難，得以善終。

③ 這樣的賀辭令旁人十分驚訝，然而趙文子並不在意。

張老讚頌得很妙。趙文子的祝禱也有意思。

④ 人們紛紛議論。

203

# 英雄無用武之地

比喻有才能的人得不到施展的機會或地方。

謎語：必須再生產

① 東漢末年，曹操平定北方以後，又率兵南下，攻破了荊州。

② 劉備逃到了夏口，派諸葛亮去聯合孫權共同抗曹。

現在曹操統一了北方，又乘勢南下，威脅你我。劉備是英雄無用武之地，不如我們聯合抗曹。

③ 諸葛亮對孫權遊說。

④ 孫權經過仔細考慮，最終同意聯合抗曹。

# 負荊請罪

負：背。荊：荊條。表示誠懇認錯，請求責罰。

① 戰國時期，趙國的藺相如由於多次立功，被封大官，官位超過了久經沙場的大將軍廉頗。

② 廉頗很不服氣，揚言要當眾侮辱藺相如。

我這樣做，並不是怕廉頗，而是為國家的安危着想。如果我和他鬥氣，就會給敵國以可乘之機。

③ 藺相如知道後，處處迴避廉頗，並向替自己打抱不平的人解釋。

④ 廉頗聽到這些話後，十分慚愧，就打着赤膊，背着荊條，親自上門請罪。

205

# 赴湯蹈火

赴：走向，奔向。湯：開水。蹈：踩，踏。敢於投入沸水，踏進烈火。形容不避艱險，奮不顧身。

謎語：：克扣一半

① 東漢末年，諸侯割據。荊州刺史劉表在軍閥混戰中搖擺不定，持觀望態度。

② 謀士韓嵩認為劉表猶豫不決的態度不妥。

③ 韓嵩於是替劉表分析天下形勢，認為應歸附曹操為好。

④ 而優柔寡斷的劉表考慮再三後，又找到韓嵩，希望他到曹操那裏觀察實情。

⑤ 韓嵩認為，將軍的部屬自然應聽從命令，所以忠誠地服從了劉表的安排。

# 重蹈覆轍

重：再次。蹈：踏上。覆：倒，翻。轍：車輪碾過後留
下的痕跡。再次走上翻過車的老路。比喻沒有吸取教訓，
重犯過去的錯誤。

謎語：千里相逢

① 東漢末年，漢桓帝靠宦官誅滅了外戚勢力。

② 但宦官卻趁機控制了朝政，陷害忠良。

③ 當時京城的太學生就因為伸張正義而被宦官陷害。

如果再繼續讓宦官這樣胡作非為，我們將會重蹈覆轍，像秦二世一樣滅亡。

④ 竇皇后的父親竇武為人正直，及時提醒桓帝。最後桓帝意識到自己的錯誤，釋放了太學生。

# 風吹草動

風稍一吹，草就會隨之搖動。比喻細小的動靜或輕微的變故。

謎語：反正兩片嘴，嘴裏道道多

① 春秋時期，楚國大臣伍奢因為直諫被楚王殺害。兒子伍子胥為了避難想逃往國外，但國境的昭關有重兵把守，出不了關。

哎！怎麼辦啊！

② 伍子胥非常苦惱，不吃不睡，一夜愁白了頭髮。幸虧有好心人幫助才混出關。

③ 在路上，為了躲避追兵，伍子胥一感覺有風吹草動，就隱藏在蘆葦叢中。

④ 後來有幸遇到一位漁翁，載他渡過大河，逃過大難。

# 風度翩翩

翩翩：瀟脫的樣子。形容行為舉止瀟脫文雅。多指青年男性。

謎語：門縫裏瞧雲長

匈奴使者請求面見魏王。

我形體不美，恐被使者取笑，有損國威。

① 曹操統一北方後，聲威大振，各少數民族部落紛紛依附朝拜。

② 於是曹操讓相貌堂堂的崔琰冒充自己接見匈奴使者，他則拿着刀扮成衛士。

那使者說，魏王俊美，確實是一表人才。

讓崔琰冒充我，果然揚我國威。

③ 接見之後，曹操派人暗中探聽匈奴使者的反應。

使者還說，立於榻旁的持刀人風度翩翩，才是真正的英雄。

英雄不一定高大英俊，關鍵是有風度。

④ 手下人的話，讓曹操有所感悟。

# 風馬牛不相及

謎語：汲盡清泉

風：獸類雌雄相誘。及：碰到。指馬、牛不同類，兩性怎麼相誘也到不了一起。比喻事物彼此毫不相干。

① 春秋時期，齊桓公率領軍隊打敗蔡國後，計劃繼續南下攻打楚國。

② 楚國獲得消息後，就派使者前往交涉。

③ 楚國使者說："齊國在北方，楚國在南方，兩國風馬牛不相及，你攻打楚國，這是甚麼道理？

④ 齊國大臣強詞奪理地說："因為楚國不向齊國獻禮，而且周昭王又是被楚國的河水淹死的。"

# 風燭殘年

風燭：風中飄搖的燈燭。殘年：衰老殘餘的晚年。人到晚年就像風中燈燭一樣很容易熄滅。形容人已到衰老的晚年，將不久於人世。

謎語：始終捏死錢

① 宋末元初，劉因幼年喪父，對母親一直很孝敬。

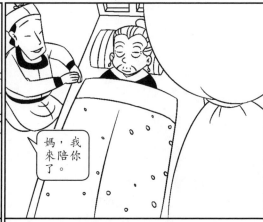

② 他長大後在朝廷做官，後來因為母親生病，就辭官回家侍奉母親。

③ 後來朝廷幾次徵召他去做官，他都沒去。人們奇怪地問他，為何有官不做？

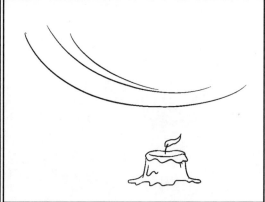

④ 劉因說："我母親已九十歲高齡，就好比是風中殘燭，隨時都會熄滅。我怎麼可以丟下她，去貪圖一時富貴呢！

211

# 風聲鶴唳

謎語：瓜子

聽到風吹聲和鶴叫聲都害怕。形容非常驚恐疑懼，妄自驚擾。後面常加上"草木皆兵"。

① 東晉時期，前秦皇帝苻堅率軍南下攻打東晉，他把兵力暫時集結在壽陽東的淝水邊，等待後續大軍集合，就發動進攻。

② 於是趁此機會，前往迎戰的東晉大將謝玄施出計謀，派使者到秦營説服秦軍後退。

③ 求勝心切的苻堅不顧眾將領的大力反對，決定把兵撤出淝水邊。

④ 而秦兵們接到後退命令以為前方敗仗慌忙潰逃，結果被晉軍殺得丟盔卸甲，甚至連聽到風聲和鶴鳴都疑心是追兵。

# 飛黃騰達

飛黃：傳說中的神馬名。騰達：升騰。神馬飛騰。現比喻人驟然得志，官職、地位上升得很快。也作"飛黃騰踏"。

謎語：草未出芽候鳥　來

① 唐朝，韓愈的兒子韓符少年時十分貪玩，不喜歡讀書學習。

② 於是韓愈專門寫了首《符讀書城南》的詩，教育兒子要好好學習。

③ 韓愈說，但後來二人的前途和成就卻有很大的差異。

④ 韓愈說造成這差異的原因，就在於學不學習。

213

# 飛蛾撲火

蛾喜光會向火中飛。比喻自尋死路，自取滅亡。也作
"飛蛾投火"。

① 南北朝時期，梁國大臣到溉的孫子到藎年少聰
明，擅長寫詩作文，深得梁武帝的賞識。

真是好詩啊！

② 到溉、到藎曾跟從梁武帝視察京口北顧樓，
到藎受命賦詩，深得武帝賞識。

哈哈！你以前的
詩文是不是你孫
子到藎代替你寫
的啊……

③ 一番讚譽之後，梁武帝和到溉開起了
玩笑。

研磨墨似騰文，
筆飛毫以書信。
如飛蛾之赴火，
豈焚身之可吝！
必藎年其已及，
可假之於少藎。

④ 梁武帝當場寫了一首連珠詞賜給到溉。

# 神機妙算

神：神奇。機：心機，心計。算：謀劃。神奇的心計，巧妙的謀劃。形容計謀高明，預測準確。

謎語：竹下目睹下葬

① 三國時期，劉備派諸葛亮到東吳商量一起聯合對付曹操。

② 可是東吳大都督周瑜嫉妒諸葛亮的才能，想設計除掉諸葛亮，要求諸葛亮在短時間內交出十萬支箭。

③ 聰明的諸葛亮用船裝上稻草人，趁着江面大霧衝向曹軍，騙取曹軍射箭，按時收集了十萬支箭，順利完成了任務。

④ 當周瑜知道諸葛亮草船借箭的經過後，萬分感慨，自愧不如。

# 流言蜚語

流言：毫無根據的話。蜚語：誹謗性的話。多指背後散佈造謠中傷的話。

我要判灌夫死罪！

① 漢武帝的丞相田蚡和大臣灌夫、竇嬰有私仇。有一次田蚡藉故逮捕了灌夫和他全家。

陛下，田蚡逮捕灌夫是公報私仇。

② 於是竇嬰向漢武帝揭發田蚡，指責田蚡陷害好人。

竇嬰揭發田蚡，朕知道是事實，所以……所以判竇嬰欺君之罪。

甚麼邏輯？

③ 可是田蚡是太后的弟弟，漢武帝不敢冒犯，反而把竇嬰關進監獄。

聽說竇嬰在獄中咒罵皇帝，誹謗朝廷。

④ 田蚡還讓人散佈流言蜚語，誣陷竇嬰，並有意讓漢武帝知道，讓漢武帝誤會，最後下令殺了竇嬰。

# 流芳百世

流：流傳，傳播。芳：香，比喻美名。百世：古稱三十年為一世，指時間長久。形容好的名聲永遠流傳於後世。

① 東晉時期，大司馬桓溫南征北戰，立下不少戰功。

大丈夫在世不能流芳百世，也當遺臭萬年。

② 位高權重的桓溫，一次，他對親信說出作為臣子不應該說的話，其部下都不敢對答。

你身負天下的重任，如果不建立非常的功勛，就不足以鎮服人心！

③ 後來，桓溫的第三次北伐以慘敗告終，參軍郗超勸威望頓減的桓溫不要氣餒。

你說我該怎麼辦呢？

咱們聯手廢立皇帝！

④ 於是，心懷野心的桓溫與郗超一拍即合，立即商議廢立皇帝的行動計劃。

217

# 乘人之危

乘：趁着。危：危難，危險。趁人危難之時，要挾或損害對方。

謎語：跪在後頭

① 漢朝時期，武威太守貪贓橫行，涼州從事蘇正和依法查辦。涼州刺史梁鵠擔心查到自己，想殺死蘇正和。

② 他去找好友漢陽郡長史蓋勛商量，想讓他一起合作。

③ 因為蓋勛與蘇正和有仇，有人勸蓋勛乘機公報私仇。

乘人之危是不仁義的行為。

④ 蓋勛斷然拒絕。

# 乘風破浪

趁着風勢，破浪前進。形容船行快速。比喻不畏艱險，奮勇前進。

謎語：未見東坡遇安

石

① 南北朝時期，有位少年名叫宗慤，愛好武術，他從小就有雄心壯志。

我長大了要乘長風破萬里浪。

② 宗慤十四歲時，十幾個強盜搶劫他哥哥的家。大人們都嚇壞了，而他挺身勇鬥盜賊，強盜被打得四散逃走。

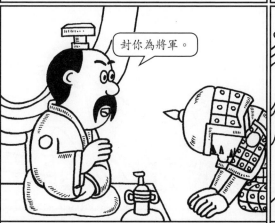

封你為將軍。

③ 後來他當了兵，替國家打了不少勝仗，立下許多戰功。

④ 宗慤死後還被追授為征西將軍。

# 乘虛而入

乘：趁着。虛：空虛，弱點。指趁對方空虛或沒有準備之時侵入。

謎語：推出一半

① 唐朝時期，淮西節度使的兒子吳元濟叛亂，唐憲宗派大將李愬去攻打蔡州。

② 李愬先捉了吳元濟的淮西騎將李祐。壯士們要殺李祐，卻被李愬制止。

③ 在李愬的感召下，李祐表示願棄暗投明為國效力。於是李祐獻計，蔡州城的守衛都是老弱病殘的士兵，可乘虛而入。

④ 最後在一個風雪之夜，李愬的軍隊分三路突襲蔡州城，活捉了吳元濟。

# 倒行逆施

倒行：顛倒行事。逆施：朝反方向施行。原指做事違背常理。現多指違背正義或時代發展的方向。

謎語：放下一半，拖走一半

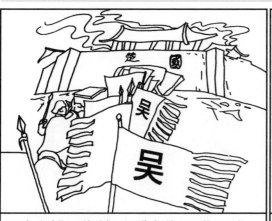

① 春秋時期，楚將伍子胥為報楚平王殺父之仇，帶領吳軍攻入楚國。

② 當其時楚平王已死，但也難解伍子胥心中的仇恨與憤怒。於是伍子胥怒掘楚平王的墳墓，拖出屍體鞭打三百下。

③ 伍子胥的老朋友申包胥給伍子胥寫信，責備他報仇的手段太過狠毒。

我就如一個行路的人，天色已晚，而路途還遠，才做出了違背常理的事。

④ 伍子胥回信說，他唯恐在有生之年不能報仇，所以才"倒行而逆施之於道也"。

221

# 唇亡齒寒

亡：無，沒有。嘴唇沒有了，牙齒就會感到寒冷。指雙方特別是國家之間、地區之間、集團之間關係密切，相互依存。

① 春秋時期，晉國的南邊有兩個小國——虞國和虢國。晉國想進攻虢國就必須經過虞國。

② 當為此，晉獻公專門派人給虞國國君送去了寶馬和玉璧，向虞國借路。

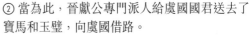

虢國和虞國就像唇和齒的關係，唇亡齒寒，晉滅了虢，接著就會滅虞。

③ 虞國官員宮之奇勸阻國君不可借路給晉國。

④ 虞國國君不聽勸阻。結果，晉軍通過虞國滅了虢國，又回過頭來一舉消滅了虞國。

# 害群之馬

危害馬群的劣馬。比喻危害集體的人。

① 黃帝拜見大隗，到襄城原野時迷路了。

② 中途遇見一牧童在放馬，於是就上前去問路："你知道具茨山和大隗在哪裏嗎？"牧童回答知道。

③ 黃帝認為牧童十分聰明伶俐，於是又問："你認為怎樣治理天下才好？"

④ 牧童回答皇帝："這和牧馬一樣，只要除去害群之馬就成了！"

⑤ 黃帝聽後大受啟發，稱牧童為天師。

223

# 家徒四壁

徒：僅僅，只。壁：牆。家中僅剩下四周的牆壁了。形容窮得一無所有。

謎語：往前走

① 西漢的司馬相如很有才氣，許多人都很敬重他。

② 卓文君的父親邀請司馬相如到家中做客，卓文君和司馬相如一見鍾情。

③ 卓文君衝破封建禮教的束縛，和司馬相如晚上偷偷地離家私奔。

④ 卓文君發現司馬相如家中除了四面牆壁就一無所有。

# 家喻戶曉

喻：明白，了解。曉：知道，曉得。家家都明白，戶戶都知道。形容人人皆知。

① 古代梁國有個叫姑姊的女子，家中不慎失火。她的孩子和哥哥的孩子都被困在屋裏。

糟糕！兩個小孩都在屋裏！我先把姪兒救出來！

② 姑姊衝進烈火，想先把哥哥的小孩搶救出來。

怎麼是我的孩子！這下叫我怎麼見人！

③ 由於濃煙中分辨不清，結果先救出了自己的孩子。當她再想衝進屋時，火勢已很猛了。

火勢太大了，你不能進去！

④ 她很傷心地對勸她的人說："這樣家家戶戶都會知道我是個很自私的人。"她不顧一切地衝進火海，終被大火吞沒。

# 差強人意

差：稍微。強：振奮。原意為頗能振奮人心。現形容大體上還能使人滿意。

吳將軍屢立戰功，朕任你為大司馬。

① 東漢時期，光武帝劉秀手下有一員有勇有謀的大將吳漢。

朕很憂慮，你們也跟着朕憂慮。

② 有一次，劉秀打了敗仗，心中悶悶不樂，別的將領也跟着灰心喪氣。

振奮精神，準備再戰！

③ 只有大司馬吳漢在軍營裏鼓舞士氣，和士兵一起準備戰鬥。

報！大司馬正帶領大家修整攻城奪地的武器。

④ 這時，劉秀派人去看吳漢在幹甚麼。

吳公差強人意，隱若一敵國矣。

⑤ 劉秀聽了，不禁讚歎吳漢在不利的形勢下，頗能振奮人的意志。

# 師出無名

師：軍隊。名：名義，理由。出兵沒有正當的理由。泛指行事沒有正當的理由。

① 楚漢相爭，雖然項羽節節敗退，但劉邦並沒有在戰爭中佔據有利的形勢。

應該找個理由。

② 大臣建議劉邦應該找一個攻楚的理由和名義，這樣才有號召力。

③ 有的大臣說：“應該以‘為義帝報仇’為口號，討伐項羽。”

報！又攻下一城。

④ 劉邦聽從了這個建議之後，在戰爭中贏得了更有利的局面。

227

# 徒有虛名

徒：徒然，白白地。虛名：與實際情況不相符的名聲。指
有名無實，空有名聲、名望。

① 三國時期，諸葛亮率兵西出祁山。他命名馬謖
為將軍。

② 馬謖自以為深通兵法，定能守住街亭，不聽
勸告，在山林深處安營紮寨。

③ 司馬懿聽説後，笑説：「馬謖只是徒有虛名。
用這樣的人，怎不誤事！」

④ 後來街亭失守，諸葛亮揮淚斬了馬謖。

# 捉襟見肘

捉：拉，拽。襟：衣襟。肘：胳膊肘兒。拉一下衣襟，
胳膊肘兒就露出來了。形容衣衫破爛不堪，生活困窘。
或比喻顧此失彼，難以應付。

謎語：禁穿褲頭

① 戰國時期，曾參住在衛國時，十分貧困。甚至
三天吃不上一頓飯，十年沒添過新衣。

② 他的穿戴太破爛了，甚至輕易拉一下衣襟，
胳膊肘兒就露出來了。

③ 但曾參毫不在意，依然樂觀豁達，常常放聲
歌唱。

④ 莊子非常讚賞曾參這種不巴結權貴、自由自
在的生活態度。

# 旁若無人

旁：旁邊。若：好像。好像旁邊沒人一樣。形容態度傲慢。
也形容坦然如常或專心致志的神態。

① 戰國後期，衛國人荊軻遊說六國抗秦失敗，逃到燕國。

② 在燕國與樂師高漸離結識。

③ 兩人志趣相投，常在街頭一起喝酒。

④ 高漸離擊筑，荊軻高歌應和。

⑤ 街上人驚奇地看他們。

⑥ 兩人時唱時哭，彷彿周圍沒有別人。

# 桃李滿天下

桃李：桃樹和李樹，比喻教過的學生。比喻教過的學生成才很多，遍佈各地。也作"桃李遍天下"

謎語：半數跳樓

① 唐朝大臣狄仁傑深得皇帝信任。

真能打啊！

② 他所推薦的人都成為唐朝極有才幹的官員。

你真是桃李滿天下！

③ 皇帝對他讚不絕口。

我只想為國家盡一份心，並沒想從中得到甚麼好處。

④ 皇帝要賞賜他，他拒絕了。

# 海市蜃樓

謎語：喂一口

蜃：大蛤蜊。傳說蜃能吐氣形成樓台城郭等景物，叫海市，也叫蜃樓。實際上是光線在大氣中折射而形成的奇幻景象，常發生在夏季的海邊或沙漠地帶。比喻虛無縹緲的事物。

① 蓬萊瀕臨大海，風光秀麗，景色怡人。

② 每年春夏，雨過天晴，在蓬萊的海面上就會隱隱約約出現一座城市。

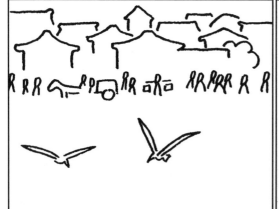

③ 城中人來人往，車馬不斷，一片繁榮景色，不久就會消失。

那地方去不得，那是蛟龍呼氣而形成的海市！

④ 過去人們缺乏科學知識，不能正確解釋這種自然現象，實際上是光線經大氣折射的結果。

# 狼狽为奸

傳說中狼和狽是同類野獸，經常一起傷害人畜，狽前腿極短，必須趴在狼身上才能行動。比喻壞人彼此勾結在一起幹壞事。

謎語：狼一點

① 古時候，有狼和狽兩種野獸。狼的前腿長，後腿短，而狽的前腿短，後腿長。

② 有一次，狼和狽一起去偷羊，羊圈又高又結實。

③ 牠們想了一個辦法：狼騎到狽的脖子上，狽用後腿站起來，狼用前腿攀上羊圈，拖走了羊。

④ 據說狽常為狼出謀，而牠離開狼就不能行走。所以狼和狽總勾結起來幹壞事。

# 疲於奔命

疲：疲乏，勞累。奔命：奉命奔走。指奉命或被迫到處奔走、辦事而搞得疲憊不堪。

謎語：三十而立已長　大

① 春秋時期，楚國大臣巫臣和子重、子反結下怨仇。

② 巫臣被迫逃到晉國，子重、子反二人殺了巫臣在楚國的家人，瓜分了他的家產和妻妾。

我要讓你們"疲於奔命"而死。

③ 巫臣發誓一定要報仇雪恨。

④ 為了實現諾言，巫臣到吳國幫助吳國訓練軍隊，並勸吳王攻打楚國。

⑤ 巫臣帶領吳軍一年進攻楚國七次，讓子重、子反為了保衛楚國，奉命四處奔走導致疲憊不堪。

# 破釜沉舟

謎語：河務冗雜

釜：古代用來燒飯的鍋。舟：船。砸破飯鍋，鑿沉渡船。
比喻下定決心，決一死戰。

① 秦末，秦軍在鉅鹿一地包圍了趙軍。楚國派宋義和項羽帶兵援救趙軍，但宋義卻遲遲不出兵。

② 後來，項羽當了上將軍，帶領部隊渡過了漳河，就向將士發出令人不解的命令。

③ 原來，項羽要以必勝的勇氣和決心鼓舞將士們，一定要在三天內打敗秦軍。

④ 果然楚軍士氣高昂，將秦軍打敗，取得鉅鹿之戰的勝利。

# 破鏡重圓

比喻夫妻關係破裂或夫妻失散後，又重新團圓。

謎語：國際要員

公主，我們夫妻怕要離散了。

① 南朝陳被隋帝攻打，行將亡國。徐德言與妻子樂昌公主擔心都城被攻破後兩人失散不能再相見。

我們各持一半，他年正月十五以此相認。

② 徐德言取出一面銅鏡一分兩半。

③ 陳亡後，公主在越國公楊素家做侍女。

賣半鏡了！

④ 到了約定的時間，徐德言來到長安，見有一奴僕高價賣半面鏡，由此得知了妻子的下落。

⑤ 楊素知道後，就召見徐德言，使他們夫妻得以團聚。

# 笑裏藏刀

比喻表面和善而內心險惡。

① 唐朝李義府平時說話面帶三分笑，但內心十分毒辣。

② 為了霸佔一名罪犯美女，他讓獄官畢正義免了她的罪。

③ 後來東窗事發，畢正義上吊自殺。

④ 李義府不但巧妙地開脫了自己的罪責，還想辦法把告發這件事的官員發配到外地。

⑤ 由於李義府善於在笑臉下做壞事，人們都說他的笑裏面藏着殺人的刀子。

# 紙上談兵

只在紙面上談論用兵策略，而實際上不會打仗。比喻空談理論，不能解決實際問題。或比喻只是空談，不能成為現實。

① 戰國時期，趙國名將趙奢的兒子趙括從小熟讀兵書。

② 趙、秦兩國交戰時，趙王就派了趙括領兵與秦國作戰。

③ 但意料之外，趙括沒有實際作戰經驗，結果陷入秦軍重圍，被秦軍亂箭射死，四十萬大軍也做了俘虜。

④ 後來藺相如評論說，趙括只會"紙上談兵"。

# 紙醉金迷

形容使人沉迷的富麗堂皇景象。也形容奢侈豪華、腐朽糜爛的生活。

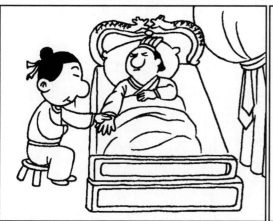

① 唐朝，有個專治無名腫毒的醫生叫孟斧。

② 他常去宮中給人治病，對宮中的情況非常熟悉。

③ 他到蜀地後，就模仿宮中，把房裏的器具都包上金紙，陽光一照光彩奪目。

④ 他的朋友對別人說："你在孟斧家待一會兒，就會使你紙醉金迷。"

# 胸有成竹

成：現成的。在畫竹子前，心中已有了完整的竹子形象。比喻做事前已有成熟的計劃或打算。也作"成竹在胸"。

① 宋朝畫家文與可平生最愛畫竹。

② 他在住宅前栽了很多竹子，每天仔細觀察，琢磨竹子各個季節的變化和姿態。

③ 每當下筆之前，要畫甚麼樣的竹子，該如何構圖，心中早有模樣了。

④ 朋友們都說文與可畫竹時，成竹已在胸。

# 起死回生

把快要死的人搶救過來。形容醫術十分高明。也指把將危亡的事物挽救過來。

謎語：添丁進口

① 春秋時期，扁鵲路過虢國，聽說虢太子突然死去。

② 經診斷，扁鵲認為太子並沒有真正死去。

③ 他給太子針灸、熱敷和服藥。

④ 過了一段時間，太子終於恢復了健康。

⑤ 虢國君王再三感謝扁鵲，扁鵲説："我沒有起死回生之術，只是太子確未真死，我才能救活他。"

# 釜底抽薪

薪：柴草。從鍋底下抽掉燃燒的柴火。比喻從根本上解決問題。也指暗中搞破壞。

① 北朝東魏大將侯景起兵反叛朝廷被打敗，於是請梁朝梁武帝蕭衍派出救兵。

② 東魏得知消息，派人給梁武帝送出一封文書，希望他改變出兵的主意。

③ 可惜梁武帝並不接受東魏的建議，仍照原計劃出兵援助侯景。

④ 後來，侯景投靠了梁朝，但不久又率軍反叛梁朝。梁武帝為此後悔不已，不久就氣死了。

# 馬首是瞻

是：代詞，複指“馬首”。瞻：看。指作戰時，士卒看主帥的馬頭決定行動的方向。比喻聽從指揮或樂於追隨。

① 春秋時期，晉、魯、齊等十二個諸侯國聯軍攻打秦國。

趕緊扔石頭，一定要守住。

注意隱蔽。

② 面對聯軍的攻勢，秦軍毫不膽怯，並不想求和。

都看我的馬頭方向去衝殺、去戰鬥！

③ 聯軍元帥荀偃向全軍將領發佈命令説：“明天早上，雞一叫大家就開始駕馬套車出發，填上水井，平掉爐灶。作戰時，看我的馬頭來定行動方向。”

你為甚麼不聽從指揮！

④ 但部將欒黶沒有按指揮行事，導致聯軍頓時混亂，荀偃只好下令全軍撤退，結果聯軍大敗。

# 骨肉相連

像骨頭和肉一樣地互相連接着。比喻關係極為密切，不可分離。

謎語：妻子

① 戰國時期，齊國發生了地震。齊桓公下令平價收購糧食。

快把糧食都藏起來。

② 大夫們不肯交出糧食。

③ 於是齊桓公召見管仲來商討對策。

④ 管仲說："只顧自己富貴而不顧親友死活的官員，應取消他們的爵位，封禁門戶不讓他們外出。"

⑤ 由於桓公推行仁義，大夫們不僅救濟兄弟，還收養不能自給的人。

⑥ 於是形成了骨肉相親、國無飢民的局面。

# 高山流水

多用以比喻知音或知己。也比喻樂曲高雅精妙。

謎語：嵩山未到

① 春秋時期，有一位琴師俞伯牙，善於彈琴。他的朋友鍾子期則善於聽琴，無論甚麼樣的曲子，他都能聽懂。

啊！巍峨的泰山！

② 俞伯牙演奏表現高山的曲子，鍾子期馬上心領神會。

啊！滔滔的江河……

③ 俞伯牙演奏表現流水的曲子，鍾子期也能感受。

④ 鍾子期死後，俞伯牙認為從此失去了知音，於是悲痛破琴斷弦，終身不再彈琴。

# 鬼斧神工

好像由神鬼所造，不是人力所為。形容建築、雕塑、繪畫等技藝高超，幾乎不是人力所能達到的。

謎語：問心有愧

① 魯國有個叫慶的木工，他心靈手巧，技藝高超。

② 一次，慶做了一個精美的鐘鼓，人們看後都驚歎這是鬼斧神工的作品。

這麼完美的鐘鼓，你是用甚麼高超的技術製作的？

③ 魯侯驚歎之餘，問慶為甚麼能做得那麼好。

在製作時，摒除各種雜念，專心致志地投入。

④ 慶的回答很富於哲理。

# 唯利是圖

唯：只，單單。是：複指代詞，指代前面的"利"。圖：
貪圖，追求。指一心貪圖錢財，別的甚麼都不顧。

謎語：難得開口又

收回

① 春秋時期，秦桓公背信棄義，鼓動狄、楚兩國
攻打晉國。

② 他對楚國國君說："我雖然與晉國有交往，
但也只是唯利是圖，顧不上別的了。"

③ 晉厲公見此情形，馬上派呂相去秦國絕交。
呂相用秦桓公自己說過的話來指斥秦桓公。

④ 意料之中，兩國不久就發生了戰爭。

# 唯命是從

謎語：衰心

唯：只。是：複指代詞，指代"命"。讓做甚麼，就做甚麼。
形容非常聽話，絕對服從。

① 春秋時期，楚國一度強盛，連周王室也得服從楚國。

② 楚靈王對大臣右尹子革說想要夏、商、周三代的傳國之寶。

③ 大臣右尹子革認為楚靈王不必擔心，周天子一定會聽從楚靈王的命令。

④ 因為周王室和齊晉魯衛四國都要服從楚靈王。

# 寄人籬下

寄：依靠。籬：籬笆。寄居在別人的籬笆下。原指文章著述因襲他人，無創造性。現多比喻依附別人生活。

謎語：塞北大河已

無水

① 南北朝時期，南齊官員張融反應機敏，對別人的提問常常對答如流。

② 有一次，齊太祖蕭道成與張融探討書法。

③ 蕭道成認為張融的回答狂妄自大。

④ 張融這句話的意思就是，無論文章、書法都要有獨創性和自己的風格。

# 專心致志

致：盡。志：心志。形容一心一意，精力集中。

① 古時候，有個名叫秋的人，他的棋藝非常高超。

② 秋有兩個學生，一個學生非常專心，集中精力跟老師學習。

③ 另一個卻不這樣，他認為下棋很容易，用不着認真。

④ 老師講解的時候，他雖然坐在那裏，眼睛好像看棋，心裏卻想着其他事情。

⑤ 結果，雖然兩個學生是同一個名師傳授，但一個進步很快，另一個卻沒學到一點本事。

# 得不償失

償：補償。得到的不足夠補償損失的。

謎語：吳頭楚尾

① 三國時期，東吳的孫權想攻打夷州，於是召集一眾大臣商量。

② 唯獨大臣陸遜不贊成發動戰爭攻打夷州，認為當前應該休養生息增強國力。

③ 可是孫權不聽陸遜的意見，發動了戰爭。

④ 結果雖然獲得了勝利，但傷亡十分慘重，得不償失！

# 得心應手

得：得到，想到。應：順應，適應。心裏怎麼想的，手就能做得出。形容技術嫻熟或做事順手。

謎語：一言既出，有待兌現

① 春秋時期，齊桓公在堂上讀書，輪扁在堂下做車輪。

② 輪扁認為齊桓公讀的書是古人的糟粕。

你要講不出理由，我就處死你！

③ 齊桓公聽後大怒。

我砍木為輪得心應手，口裏雖然不能說，卻有技巧存於其中。我不能使我的兒子明白其中的奧妙，他也不能從我這裏接受這一奧妙的技巧。

④ 輪扁向齊桓公解釋。

同樣，古時候的人跟他們不可言傳的道理已經一起消亡了，那麼國君讀的書正是古人的糟粕啊。

⑤ 齊桓公聽了，認為很有道理，於是不予處罰。

# 得意忘形

因高興過度而忘乎所以，失去了常態。

① 魏晉時期，阮籍是著名的"竹林七賢"之一。

② 阮籍本來很有抱負，希望能有所作為。但迫於當權者的淫威，只能採取明哲保身的態度。

③ 或者酩醉不醒，或者緘口不言。

④ 或者閉門讀書，或者縱情於山水，高興時忘乎所以，好像忘記了自己的存在。

253

# 得過且過

得：能夠。且：暫且。只要能勉強過得去，就暫且這樣過
下去。指過一天算一天，消極虛度時光，不做長遠打算。
也指工作馬虎，不負責任。

① 傳說五台山有寒號鳥，牠生有四隻腳，一對肉
翅，但不會飛行。

② 夏天，牠的羽毛絢麗斑斕，於是得意地唱道：
"鳳凰不如我。"

③ 等到深冬嚴寒之際，羽毛全部脫落，就像剛
出殼的幼雛一樣難看。

④ 等溫暖的太陽出現時，牠又自我安慰。

# 患得患失

患：擔心。未得到時，擔心得不到，得到後又擔心失去。
形容對個人利益斤斤計較。

① 從前有一位射技高超的神射手叫后羿。夏王
聽說了，就把他召入宮中。

② 后羿聽了夏王的獎罰規則，面色變得凝重，腳
步沉重地走到離箭靶一百步的地方。

③ 想到箭射出去的結果，后
羿呼吸急促，精神緊張，手
也發抖。

④ 箭都偏離靶心，
且越射偏得越離譜。

⑤ 后羿失落地離開了。夏王對后羿的失敗
既失望又充滿疑惑。

255

# 捲土重來

捲土：捲起塵土，形容人馬奔跑。重：又。比喻失敗後集結力量重新恢復勢力。

① 楚漢相爭時，楚霸王項羽被劉邦層層圍困在垓下，突圍後帶殘部逃到烏江邊上。

> 當年隨我轉戰南北，所向無敵的八千子弟只剩這二十八個兄弟了。

② 此時遇上烏江亭的亭長撐船迎接項羽，請他乘船到江東去。

> 現在江上只有我這隻船，項王快點過江，漢軍追來就沒法過江了。

③ 亭長勸項羽到江東去重振旗鼓，重建霸業，再展宏圖。

> 江東地有幾千里，人有幾十萬，項王可在江東捲土重來。

④ 但項羽自覺無顏再過江東，又不願當劉邦的俘虜，就在烏江邊上自殺了。

> 縱使江東父老願尊我為王，我卻沒有臉見他們呀！

# 捷足先登

捷：快，敏捷。登：攀登，指得到。腿腳快的先得到。比喻行動迅速的人最先達到目的。

① 相傳，韓信屢立戰功，被劉邦封為齊王。蒯通勸韓信脫離劉邦自立為王。

② 劉邦當上皇帝後，解除了韓信的兵權。

③ 結果，反叛未成的韓信卻被殺了。

④ 蒯通感慨萬千。

# 排憂解難

憂：憂愁的事。難：困難，危難。排除憂愁，解除危難。

① 戰國時期，秦軍圍攻趙國國都。趙王向魏國求救。

② 魏王懼怕秦國，派使者勸趙王投降。

③ 正在趙國的齊國人魯仲連，用事實說服趙王，堅定了趙王抗秦的信念。

④ 最終使得秦軍撤兵。

一個真正的君子，應該"排患釋難解紛亂而無所取也"。

⑤ 趙王非常感激，想要答謝魯仲連，但魯仲連拒絕了封賞。

# 推己及人

推：推想。及：到。用自己的心思推想別人的心思。指設身處地為別人着想。

謎語：後妃

① 春秋時期，齊國相國晏嬰去見齊景公的時候，見景公正身穿白狐皮衣在觀賞雪景。

② 晏嬰問景公真的不冷嗎？

③ 晏嬰向景公講了一番道理。

④ 景公聽後立即下令，分發衣服和糧食給捱餓受凍的人們。

259

# 推心置腹

拿出自己的赤心放在別人腹中。比喻待人極為赤誠。

謎語：攤開中間

① 西漢末年，王莽篡政，引起天下大亂，各地農民紛紛起義。

② 隨後，公元二十三年，劉玄被立為天子，劉秀任偏將軍。

③ 王莽派兵攻打劉玄，在這些戰鬥中，劉秀屢立戰功，因此被劉玄封為「蕭王」。

④ 劉秀還將戰鬥中投降的敵人全部收編，封降帥為列侯。為了讓投降的敵人們都放心，劉秀本人輕騎巡行各部，無絲毫戒備之意。

⑤ 這樣一來，投降的人們都很感動，他們說：「蕭王推己之赤心，置他人之腹中，我們還擔心甚麼，還不為他打天下出力嗎？」

# 望梅止渴

比喻願望無法實現，只能憑想像來自我安慰。

① 東漢末年，曹兵行軍途中斷水，全軍將士都非常口渴。

前面有片梅林，梅子又酸又甜，可以解渴。

② 突然曹操靈機一動，指向前方大喊起來。

③ 將士們聽後，嘴裏酸得直流口水，一時感覺不到渴了。

計謀成功！

④ 這個時候，部隊趁機趕路，終於來到了有水的地方。

261

# 望塵莫及

莫：不能。及：趕上。望見前面人行進揚起的塵土，卻追趕不上。比喻遠遠落後。常用作謙辭。

① 東漢官員趙咨曾推薦曹暠做官。

② 趙咨調往東海任職，途經滎陽。

③ 曹暠接到消息後在大路旁迎候。

別停車！

④ 趙咨為了不驚動別人，沒有停留，車子很快跑過去了。

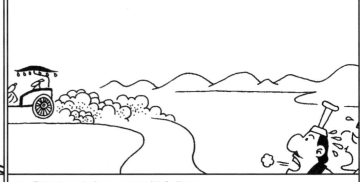

⑤ 曹暠追了十幾里，還是望塵莫及。

# 欲加之罪，何患無辭

欲：想要。患：擔心。辭：言辭，指藉口。要想給人加上罪名，還怕找不到藉口嗎？指隨心所欲地誣陷他人。

① 春秋時期，晉獻公聽信驪姬的花言巧語，迫使公子重耳、夷吾流亡國外。

② 晉獻公死後，驪姬的兒子奚齊即位成為國君，結果被大夫里克、丕鄭等人殺死。

③ 後來，夷吾在秦國的支持下回國做了國君。

你殺死了國君，該當何罪？

④ 但夷吾怕里克反對他，就派人向里克問罪。

如果不是我殺死了奚齊，夷吾怎麼能當上國君，真是"欲加之罪，何患無辭"！

⑤ 里克說完一番話後就拔劍自刎了。

263

# 欲速則不達

欲：想要。速：快，迅速。達：達到。一味圖快，反而達不到預期目的。也作"欲速不達"。

① 春秋時，齊景公到渤海等地遊玩。

② 一天，有使者來報：相國晏嬰病危。

③ 齊景公一聽，立即命人以最快的速度駕車往國都趕。

④ 景公嫌馬車跑得太慢，乾脆跳下車趕路。

⑤ 馬車只好慢吞吞地跟在他後面走。人們稱景公的行為是"欲速則不達"。

# 欲蓋彌彰

欲：想要。蓋：掩蓋。彌：更加。彰：明顯。原指想要隱名，可是名反而顯著了。後指本想掩蓋壞事的事實真相，結果卻暴露得更加明顯了。

① 春秋時期，齊國大夫崔杼謀殺了齊莊公，又命令史官只能記錄齊莊公是病死的。

② 正直的史官卻如實地記錄了崔杼謀殺國君。

③ 崔杼惱羞成怒殺了史官，史官的大弟弟和二弟弟也因為繼續如實記錄先後被殺。直到史官的第三個弟弟仍繼續如實地寫下去，才最終使崔杼的罪惡徹底暴露。

④ 後人稱崔杼的這種行為就是欲蓋彌彰。

# 異口同聲

異：不同的，另外的。不同的嘴發出同一聲音。形容眾人的説法一致。

① 東晉末年，劉裕建立了宋朝，自稱文帝，同時讓庾炳之擔任吏部尚書。

② 大臣們都説他沒有一點兒真才實學。

③ 何尚之常常在文帝面前説他的壞話，當時文帝並沒有在意。

④ 後來，文帝派人去丹陽，徵求眾大臣的意見。

⑤ 何尚之説："對於庾炳之的劣跡，大家都是異口同聲啊！"

⑥ 於是最後文帝罷免了庾炳之的官位。

# 眾志成城

萬眾同心，就像築起了堅固的城牆。比喻團結一致，力量強大無比。

謎語：西城區

① 春秋時期，周景王突然宣佈鑄大錢，廢止正在流通的小錢，從而使百姓受到很大的損失。

② 兩年後，周景王又從民間收集銅來鑄造大鐘，還讓宮中主管音樂的官員來欣賞。

③ 宮中官員都勸誡周景王說："你鑄錢造鐘，弄的老百姓叫苦連天。"

④ 俗話說："眾志成城，眾口鑠金。"若萬眾一心，則堅如城牆；但如果大家唾罵，那麼就連金屬也會熔化的。

# 貪生怕死

貪戀生存，懼怕死亡。多指在生死時刻，為求活命而不顧道義。

謎語：皇上之心

① 西漢時期，梁王劉立獨霸一方，兇狠殘暴。

② 一次，他殺了一位大臣。

③ 漢哀帝大怒，派人去追究此事。

我貪生畏死，希望過了冬天再給我定罪。

④ 劉立看朝廷動了真格，驚恐萬分，連忙苦苦哀求。

⑤ 第二年春天朝廷大赦，劉立逃脫了法律制裁，又耀武揚威起來。

# 閉關自守

閉：關閉。關：關口。守：防守。關閉關口，不跟別國交往。也比喻因循守舊，不接受外界事物的影響。

① 戰國時期，秦國想攻打齊國，但因齊、楚兩國有盟約而無法下手。

② 秦惠王命令相國張儀想對策，張儀請求出使楚國。

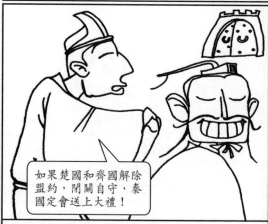

如果楚國和齊國解除盟約，閉關自守，秦國定會送上大禮！

③ 張儀到了楚國，就馬上勸說楚懷王。

④ 楚懷王欣然同意，結果齊國很快被秦國消滅。

# 鹿死誰手

鹿：奪取的對象，比喻政權。比喻政權最後落於誰手或勝利屬於誰。

① 東晉時期，後趙皇帝石勒與群臣設宴招待高句麗使者。

② 酒席間，石勒問群臣如何評價他的功業。

③ 大臣徐光阿諛奉承。

④ 石勒覺得徐光説得太過分了，認為如果遇見漢高祖劉邦，一定做他的部將，和韓信、彭越爭高下。

# 割蓆分坐

謎語：創始未成反遭害

蓆：用蘆葦、竹篾等編織成的鋪墊；古人席地而坐，幾個
人可坐一張鋪蓆。用刀將坐蓆割斷開來，不再同蓆而坐。
比喻朋友絕交。

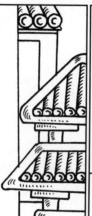

① 魏國的管寧和華歆是同窗好友。

② 兩人在園中鋤地，看見地上有一塊金子，管寧依舊
揮鋤，視之如瓦石一樣，而華歆卻撿了起來。

③ 兩人在一起讀書，門前有豪華車子經過，華
歆立即丟下書跑去看，而管寧仍一心讀書。

④ 最後管寧厭惡華歆的作風，於是拿刀把蓆子
割成兩半，從此斷絕了同華歆的友誼。

# 勞而無功

花費了力氣卻沒有成效或好處。

謎語：澇而又旱

① 春秋時期，一次孔子準備到衛國去宣揚自己的理論。

您認為孔子到衛國結果如何？

② 他的學生顏回去問魯國的金太師，金太師認為孔子此行不會成功。

③ 金太師說：＂如果把船推到陸地上來行駛，那只會勞而無功。＂

④ ＂孔子想把周朝那一套搬到現在來實行，就像陸上行船，那是行不通的。＂

# 勞苦功高

指歷盡艱辛，吃盡大苦，立下了大功。

好消息，沛公率大軍攻入咸陽，秦朝滅亡了。

這是壞消息，劉邦要和我爭天下了。

① 秦朝末年，項羽得知劉邦先攻佔秦朝都城咸陽，生怕劉邦與他爭奪王位。

我軍攻下咸陽後，駐軍函谷關，是為恭候大王入城。

② 後來，劉邦到鴻門赴宴向項羽謝罪，說明自己沒有野心與之爭奪王位。

沛公破秦攻入咸陽勞苦功高。按約定，誰先入咸陽就當秦王。

③ 席間，項莊以舞劍助興為由，想借機刺殺劉邦。劉邦的參乘樊噲趕緊衝進軍帳。

大王非但沒為沛公封侯，反而要殺有功之人，這是要走秦亡的老路，不應該啊！

④ 項羽自知理虧，無話可說，只能作罷。

# 博聞強識

博:廣大,豐富。聞:見聞,知識。識:記憶。見聞廣博,
記憶力強。也作"博聞強記"。

謎語:百裏挑一

① 三國時期,魏國的王粲博學多識。因此,魏文帝任用他主持建立各種典章制度。

② 一次,王粲和朋友外出遊玩,看到路旁一塊石碑,就駐足讀起碑文。

③ 在朋友的要求下,王粲只讀一遍,就能一字不差地背下來,令朋友既驚奇又欽佩。

④ 還有一次,王粲看別人下棋,突然棋盤翻落在地。

⑤ 他竟然能將棋子一子兒不差地擺在了原來的位置上,眾人讚歎不已。

# 善始善終

善：好。有好的開頭，也有好的結尾。多指從開頭到結束都做得很好。

① 秦末漢初的陳平，為人處世善於隨機應變。

② 陳勝、吳廣起義時，他投靠了魏王咎。

③ 後又隨項羽入關，之後再轉向投靠劉邦。

④ 呂后死後他又定計滅呂家勢力，恢復劉家江山。

⑤ 他歷任惠帝、呂后、文帝三朝丞相，能應付各種情況並善始善終。

# 喪心病狂

喪：喪失。心：指理智。指喪失理智，像發了瘋一樣。
形容喪失人性，極端惡毒殘忍。

謎語：着手打扮

① 南宋時期，金國把被俘的秦檜放回南宋當內奸。秦檜用謊話騙得宋高宗信任。

② 後來，擔任了宰相的秦檜幹起了賣國求和的勾當。

③ 能征善戰的岳家軍令金軍聞風喪膽，秦檜便勾結金國謀害岳飛。

④ 校書郎范如圭目睹秦檜的賣國行徑，氣憤地斥責他昏亂殘忍、荒謬到了極點！

# 尋根究底

尋：尋求，尋找。究：探究，追究。尋求根由，探究底細。
也作"尋根問底""追根問底"。

① 宋代趙逵讀書速度極快，尤其愛好收集古書。

② 他到處考察反映歷代興衰的歷史遺跡。

你可真能尋根究底。

③ 和當代名人巨公交友，探討學問。

# 朝三暮四

朝：早晨。暮：傍晚。原指玩弄手段進行欺騙。現指變化不定，反覆無常。

① 傳說，古代宋國有個養猴的人，人們都稱他為狙公。

② 由於食物不足，狙公決定減少猴子食物——橡子的定量。

③ 眾猴一聽都發怒了。

④ 狙公馬上改口説："那麼就朝四暮三吧。"眾猴聽後十分高興。牠們沒意識到還是一天七顆。

# 欺世盜名

世：指世人。名：名譽。欺騙世人，竊取名譽。

① 戰國思想家荀子曾對欺世盜名的行徑做過評判。

② 荀子舉例說：春秋時期的衛國大夫史魚因為勸諫衛靈公不成，就囑咐兒子，自己死後不要入殮。

③ 齊國的田仲既不肯接受高官厚祿的哥哥的幫助，也不願去做官，寧肯去種菜。

④ 荀子認為史魚和田仲實際上都是用欺騙手段"盜名於暗世者也"，他們是最大的危險。

# 焦頭爛額

比喻境遇極為狼狽窘迫。

① 漢朝時期，漢宣帝重用霍光，徐福建議限制霍光的勢力，宣帝不聽。

② 後來，霍光的子孫果真圖謀造反。被漢宣帝鎮壓後，宣帝獎勵那些有功人員，唯獨徐福沒有賞賜。

③ 於是有老臣上書，講述一個關於主人款待那些焦頭爛額的救火人而忘記提出防患未然意見的人的故事。

④ 漢宣帝了解後，立即重賞徐福，並封他為郎中。

# 猶豫不決

猶豫：遲疑。指拿不定主意。

① 戰國時期，秦軍圍攻趙國都城，趙國向魏國請求幫助。

② 魏王派將軍晉鄙救趙，但晉鄙懼怕秦軍，將軍隊停在湯陰不再前進。

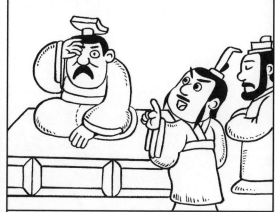

③ 魏王又派辛垣衍去見趙王和相國平原君，説秦國攻趙，無非是為了稱帝，如果擁護秦稱帝，就會馬上撤兵。

④ 正當平原君猶豫不決的時候，突然齊國派使者魯仲連到趙國，表示極力反對趙國擁護秦王稱帝。這一舉動更堅定了趙王和相國平原君抵抗秦軍的決心。

281

# 畫蛇添足

在已經畫好的蛇上又添上腳。比喻因做了多餘的事而把事情弄糟。

① 戰國時期，楚國有幾個人得到一壺酒，不知誰先喝更公平些。

② 人多酒少，於是他們商定：誰先畫完一條蛇，就先喝酒。

③ 第一個先畫完的人看別人還沒畫完，就給畫好的蛇加上了腳。

④ 在他畫蛇腳時，另一個畫好蛇的人搶過酒壺邊喝邊嘲諷他。

# 畫餅充飢

比喻徒有虛名而無實惠，或比喻用空想來自我安慰。

① 三國時期，魏國大臣盧毓受朝廷重視，被提升為吏部尚書。

② 魏明帝讓盧毓推薦一個中書郎，要求不要選有名氣的人，名氣就像畫出來的餅，是不能吃的。

修養高、行為好而有名的人，是不應該厭棄的。

③ 盧毓依照明帝的要求，提出了全面的考核、選拔官員的意見。

④ 魏明帝聽從了盧毓的建議，制定了選拔官員的考核制度。

# 痛定思痛

定：平靜，安定。思：思考。指痛苦的心情平定以後，
追思當時所遭受的痛苦，倍加感慨。

謎語：前後放痰桶

① 南宋時期，元軍大舉進攻，
逼近都城臨安。

② 文天祥先率軍抗擊，後代表朝
廷談判，被扣後設法逃了出來。

③ 他得知宋恭帝的弟弟趙昰在福
州稱帝，就前去投奔。

④ 後來他把自己寫的詩編成集子，取名《指南
錄》。

⑤ 書中說："痛定思痛，痛何如哉？"表達了
他追思當時國破家亡的痛苦，以激勵自己。

# 短兵相接

短兵：指短小武器。使用刀、劍等短小武器近距離搏殺。
也指面對面進行尖銳的鬥爭。

謎語：缺板少眼

① 楚漢相爭，漢王劉邦攻佔了彭城，項羽暴跳如雷，包圍了彭城並打敗了劉邦。

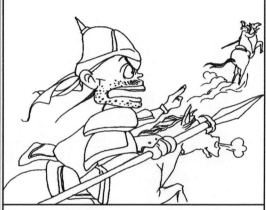

② 劉邦已經棄城而逃，而楚將丁公仍然緊追不捨，在彭城以西追上了劉邦。

③ 但由於雙方距離太近，不能用長兵器，只能用刀、劍等短兵器相互廝殺。

④ 結果劉邦不敵，就向丁公求情。最後出於義氣，丁公停止了追趕。

# 絡繹不絕

絡繹：往來不斷，前後相接。絕：斷。形容人或車馬來
來往往、前後相繼，接連不斷。

① 東漢時期，劉秀廢郭皇后，其子劉強主動讓太子之位給劉莊，於是劉秀則封劉強為東海王。

② 劉秀死後，劉莊繼位。一日宮外傳來消息。

③ 劉強臨終前寫信給皇帝。

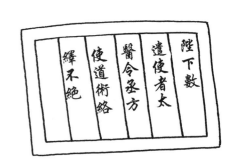

④ 信中對皇太后、皇帝絡繹不絕地派人為他治病表示感激。

# 買櫝還珠

櫝：木匣子。珠：珍珠。買下裝珍珠的精美木匣子，而把裏面的珍珠還給了賣主。比喻沒有眼光，捨本求末。

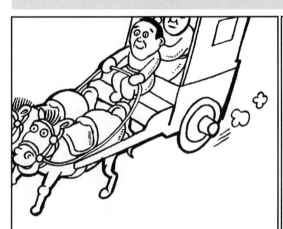

① 傳說有一個楚國商人，到鄭國去賣珍珠。

② 為了吸引顧客，他做了一個木蘭的匣子，並用桂椒熏香，用珠寶翡翠鑲嵌，看起來十分華貴。

③ 一個鄭國買主買下後，留下匣子而把珍珠還給了楚國商人。

④ 鄭國人受到了嘲笑。其實這位商人可以說是善於賣匣子，不能說是善於賣珍珠。

# 量體裁衣

量：估量，依據。按照體形來裁剪衣服。比喻辦事要從實際出發。

謎語：早上勿來

張融你這個人才是"不可無一，不可有二"，朕特喜歡。

① 南朝時期，齊國官員張融很有才能，深受齊太祖蕭道成的器重和寵愛。

陛下送你一件他的舊衣，陛下說，衣服雖舊，但實在勝過新的。

但是陛下的身材……我穿合適嗎？

② 一次，齊太祖派人給張融送一件自己以前穿的舊衣服，並帶去一封詔書。

陛下已叫裁縫根據你的身材改做好了，定會非常合你的身。

這才叫量體裁衣。

③ 張融穿上齊太祖送的衣服，果然非常合身。

陛下滴水之恩，臣當湧泉相報！

一件舊衣服都感動得淚流滿面。

④ 張融穿上送來的衣服後，非常感激齊太祖的知遇之恩。

# 開天闢地

傳說最初天地混沌一氣，盤古氏開闢混沌以後才有了天地宇宙。比喻前所未有，是有史以來的頭一回。

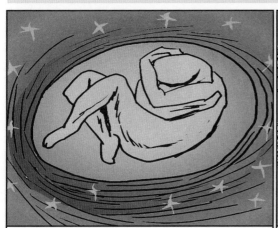

① 傳說遠古時天地合一，一片昏暗混沌，就像一個渾圓的雞蛋，盤古就孕育在其中。

② 過了一萬八千年，盤古成熟醒來，看見周圍漆黑一片，非常生氣，抓起斧子把混沌的氣團劈開。

③ 氣團中輕而清的陽氣上升變成天空，重而濁的陰氣下降，變成大地，從此宇宙就有了天和地。

④ 天和地每日增高、增厚一丈，盤古也每日長高一丈。這樣又經過一萬八千年，天、地不再擴展，而盤古就像柱子一樣支撐着天和地。

# 開卷有益

卷：指書本。只要打開書閱讀，就會有益處。形容多讀書有好處。

謎語：半交朋友

① 北宋初年，宋太宗命宰相李昉主持編寫一部規模宏大、內容廣泛的百科全書。

② 李昉帶着眾學者經過多年努力編出了《太平御覽》。

③ 宋太宗十分喜歡，每天翻閱三卷。如因事忙，當日未完成閱讀計劃，則有空時就要補上。

④ 大臣們勸太宗不要太辛苦了，宋太宗說："開卷有益，我一點兒也不覺得辛苦。"

# 開誠佈公

開誠：敞開胸懷，袒露誠意。佈公：顯示公正。指坦白無私，以誠相待。

謎語：灰帽頭

① 三國時期，蜀相諸葛亮深得皇帝劉備的信任。劉備臨終前，將兒子劉禪託付給他，並表示，如不能輔佐，則取而代之。

② 劉備病逝後，諸葛亮忠心耿耿地輔佐平庸的幼主劉禪。有人勸他晉爵稱王，他嚴正拒絕。

③ 街亭之戰，馬謖擅自行動而失敗。諸葛亮自責，主動降職為右將軍。

④ 還特此下令，讓下屬批評他的缺點和錯誤。諸葛亮執法嚴明，獎罰得當。

⑤ 後人評說："諸葛亮之為相國也，撫百姓，示儀軌，約官職，從權制，開誠心，佈公道……"

# 集思廣益

思：智慧。廣：擴大。益：益處。匯集眾人的智慧以便收到更好的效果。

我沒有任何異議……

① 三國時期，蜀國很多大臣為了不得罪人，對任何事情都不肯提出不同的意見。

② 只有徐庶、董和能夠提出不同的見解。

非常高興聽到你們的看法！

③ 於是諸葛亮很欣賞他們。

集中眾人的智慧，聽取各方面的建議，才能治理好國家。

④ 諸葛亮以他們為榜樣，教誨群臣。

# 債台高築

債：欠別人的錢財。形容欠債很多。

① 戰國時期，周赧王軟弱無能卻野心勃勃。

② 他想攻打秦國就去借了高利貸。還沒等交戰，他就嚇得撤兵，軍費卻分毫不剩。

③ 討債的人天天來，逼得周赧王躲在一座高台上。

④ 人們把這座高台稱作"逃債台"。

# 傾城傾國

傾：傾覆。形容貌美無比的絕色女子。也作"傾國傾城"。

① 漢武帝的協律都尉李延年能歌善舞。

② 一次他邊跳邊唱："北方有佳人，絕世而獨立，一顧傾人城，再顧傾人國。"

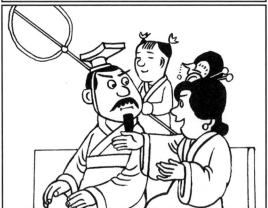

③ 漢武帝道："世上真有這樣的人嗎？"他姐姐平陽公主說："李延年的妹妹就是這樣的美人。"

④ 漢武帝馬上召見，果然是一位美麗動人且能歌善舞的佳人，於是封她為李夫人。

# 勢不兩立

勢：情勢、狀況。兩立：並存。指雙方矛盾十分尖銳，以致不能並存。

① 東漢末年，曹操率十幾萬大軍南下，想一舉消滅孫權和劉備。

② 東吳大將周瑜在分析了敵我雙方的形勢之後，向孫權請戰。

③ 周瑜說："給我三萬精兵，保證打敗曹軍。"

④ 孫權採納了他的意見，並激憤地說："我與曹操勢不兩立！"

# 勢如破竹

勢：形勢，情勢。破：劈開。形勢就像劈竹子一樣，劈開上端，底下的就一下子分開了。形容節節勝利，不可阻擋。

謎語：未來還要進口

① 司馬炎當上晉國皇帝之後，派杜預率大軍征討吳國。

② 晉軍迅速地佔領了長江下游各地。

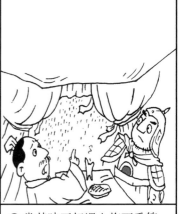

③ 當其時正好遇上梅雨季節，軍師建議等到冬季再打。

④ 但杜預很堅決地表示不想退兵。

我軍兵威大振，猶如利刀劈竹，數日之後就能迎刃而解。

⑤ 於是他向軍師詳細地解釋了自己的作戰計劃。

⑥ 杜預堅持自己的戰術，果然很快就滅掉了吳國。

# 勢均力敵

勢：勢力。均：均衡。敵：相當。雙方勢力相當，不分上下。

謎語：勻出半邊地盤

① 北宋時期，王安石領導變法運動。

② 呂惠卿一開始極力討好王安石，得到王安石的提拔而升官。

③ 他同時還暗中拉攏別人，集聚自己的勢力。

王安石說您的壞話，還想謀反！

④ 等到與王安石勢均力敵的時候，他卻像對待敵人一樣陷害王安石。

# 塞翁失馬

塞：邊塞，險要的地方。翁：老頭兒。比喻在一定條件下，壞事可以變成好事。後常與“焉知非福”連用。

① 古時候，邊塞有一老頭兒，有一次丟了一匹馬，別人都為他惋惜，可他並不着急。

② 數月後，那匹馬帶回好幾匹胡人的駿馬，大家都向他道喜，可塞翁卻並不高興。

③ 幾天之後，塞翁的獨生子因騎了這匹馬而摔斷了腿。

④ 後來，邊境發生了戰爭，許多青年被徵入伍，多有傷亡，而他的兒子因腿殘沒上戰場。

298

# 嫁禍於人

嫁：轉嫁，推給。於：到。把禍害轉嫁到別人身上。

謎語：右鄰有個節儉人

哪裏有這樣的好事？

① 戰國後期，韓國上黨太守馮亭派人向趙成王表示，要把十七座城交給趙國管理。

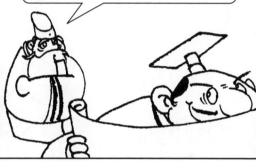

我看有詐，無緣無故得到好處，讓人懷疑。秦國一直在蠶食韓國土地，韓國把城池交給我們，是想嫁禍於我們啊！

② 平陽君趙豹知道後，急忙勸阻成王接受韓國獻城。

平陽君多慮了，不費一兵一卒就得到十七座城池，這是天上掉下來了大餡兒餅！哈哈……

③ 可是趙王根本聽不進去。

這哪裏是餡兒餅，簡直是個大陷阱！

④ 趙王派兵進駐上黨。不久，秦軍進攻趙國，趙國慘敗。成王後悔當初不聽趙豹的勸阻。

# 愚公移山

比喻做事有堅定的信念和頑強、堅毅的鬥爭精神。

① 古時，愚公家門南面有太行、王屋兩座大山擋住了出路。

② 愚公決心鏟平這兩座大山，他率領自己的兒孫們每天挖山不止。

③ 有個叫智叟的老頭兒笑愚公的舉動太愚蠢。

④ 愚公卻回答說："我死了有兒子，兒子死了有孫子，子子孫孫接續不絕，總有一天會挖平的。"這事感動了天帝，派神仙將山移走了。

# 愛屋及烏

及：推及。烏：烏鴉。喜愛某人，連停在他房屋上的烏鴉也一併喜愛。比喻喜愛某一個人以至連同他有關的人或物都喜愛上了。

謎語：江邊一隻鳥

你們看如何處置他們呢？

① 打敗殷商以後，周武王與群臣商量如何處置被俘的殷商人。

愛一個人連他屋上的烏鴉也愛，恨一個人連他的家吏也恨。因此一個也不能留，您看如何？

② 姜太公向周武王提議。

我認為紂王的罪孽不應該全加在被俘的殷商人身上，應該放他們回自己的家園。

③ 但周公有不同的意見，認為罪責在紂王，不在眾人，建議放他們回自己的家園。

④ 武王採納了周公的主張，認為施行德政才能天下太平。

# 暗箭傷人

從暗地裏放出冷箭傷害人。比喻在暗中或乘人不備用陰謀手段陷害或攻擊別人。

謎語：丟下剪刀尋筆 帽

① 春秋時期，鄭國聯合魯、齊兩國攻打許國，老將潁考叔手持大旗登上城頭。

② 但青年副將公孫子都心懷嫉妒，對他暗放一箭，正中心臟，射死了潁考叔。

③ 幸運的是，另一副將瑕叔盈以為他是被敵人射死的，馬上拾起大旗繼續指揮戰鬥。

④ 最後，鄭軍攻破了許國都城。

# 當仁不讓

當：面對。仁：仁義，指好事、正義的事情。指面對應該
做的好事，積極主動地承擔起來，決不推讓。

① 春秋時期，有一天，孔子給他的學生子張講甚麼是
"仁"。

② 子張不懂，繼續追問孔子究竟甚麼是
"仁"。

③ 子張又問怎樣才能做到"仁"的五點。

④ 孔子告訴子張，如果承擔了"仁"的事，就要
勇往直前。

# 當局者迷，旁觀者清

當局者：原指下棋的人，比喻當事人。旁觀者：原指看下棋的人，比喻旁觀的人。比喻當事人往往陷於主觀片面，不能做出正確判斷，而局外人卻看得全面、清楚。

① 唐朝，元行沖因為撰寫《魏典》而受到當時人們的稱讚。

② 後來有大臣上書要求把魏徵所註的《類禮》列為經書。於是，唐玄宗令元行沖對魏征的書進行注解。

③ 但左丞相張說認為：廢棄已使用近千年的戴聖的本子而改用魏徵的不合適。結果唐玄宗沒有採用元行沖註解的《禮記》。

④ 於是，元行沖寫了一篇《釋疑》表明觀點：戴聖的本子經多人修訂註解，有許多矛盾之處。魏徵作為旁觀者他的註解更客觀。

# 當務之急

當：當前。務：事情。指當前應當做的許多事中最緊要、最急迫的事情。

謎語：：口渴缺水

現在要學習的和要幹的事很多，應該先學習和幹些甚麼呢？

① 戰國時期，有一次，孟子的弟子向孟子請教。

有智慧的人無所不知，但要知道應該做最急需的事情，而不要面面俱到。

② 孟子向他們講解。

堯、舜的仁德也不是愛一切人，因為他們尚且不能認識所有事物，因此他們先做最重要的事情。他們先愛的是賢人和親人……

③ 孟子進一步講解。

德　仁

④ 弟子們終於懂了，當前最急需學習的是仁德。

# 置之度外

置：放，擱。度：考慮。把它放在考慮的範圍之外。多指不把生死、利害放在心上。

① 劉秀建立東漢政權後，仍有不少地方勢力想割據一方、爭奪天下。

② 劉秀花了五年時間終於把割據勢力基本清除。最後，只剩甘肅的隗囂和四川的公孫述兩股勢力了。

③ 劉秀想，隗囂已派了兒子來洛陽做官，表示服從自己了，而公孫述遠在西南邊疆，攻取也不方便。

④ 因此，劉秀決定暫時不對他們用兵。

# 義不容辭

義：道義。容：容許。辭：推辭。從道義上講不允許推辭。指為顧全道義而理應接受。

謎語：劈頭闖進來，二人離坐去

① 東漢末年，曹操率軍直取江南。

② 孫權十分着急，趕緊召集將領商議對策。

可速發信給荊州劉備，因為劉備是我們東吳的女婿，援助我們抗曹是義不容辭的。

③ 謀士張昭提出了請劉備出兵抗曹的想法。

只要派人去聯絡被曹操所殺的馬騰的兒子馬超，讓他帶兵入關，即可使曹操無法進攻江南了。

④ 劉備見信後找諸葛亮商量。諸葛亮妙計一出，就迫使曹操放棄了南征的計劃。

# 腳踏實地

腳踩在實地上。形容做事踏實認真，不浮躁。

謎語：涉水逃跑

① 《資治通鑒》的作者是北宋史學家司馬光。

他每天日出前起床，一直工作到深夜。

② 為編撰這本書，他研究很多史書，廣泛收集材料，下了大量的功夫。

這……都是作廢的！

③ 他對書稿精益求精，初稿六百卷，定稿二百九十四卷，都是用正楷寫成。

你是個腳踏實地的人！

④ 大家對他讚歎不已，邵雍評價他是一個腳踏實地的人。

# 萬事俱備，只欠東風

比喻其他所有條件都已齊備，只缺少最後一個重要條件。

① 東漢末年，劉備、孫權的聯軍與曹操隔江對峙。

② 吳軍都督周瑜計劃用火攻。但因為正值冬季吹西北風，沒有東風，這樣不但無法進攻曹軍，更有可能燒到自己的頭上。這讓周瑜十分焦慮。

③ 此時，諸葛亮對周瑜說："欲破曹公，宜用火攻；萬事俱備，只欠東風。"說出了周瑜的心病。

④ 後來諸葛亮為周瑜借來東風，使得火攻成功，大敗曹軍。

# 解鈴還須繫鈴人

繫：綁。還得靠繫鈴的人把鈴解下來。比喻出了問題還得由造成問題的人去解決。

① 南唐金陵清涼寺有一個和尚叫法燈，不愛守清規戒律，大家都瞧不起他。

② 唯有法眼禪師很器重他，認為他是個可造之才。

③ 法眼問大家："繫在老虎脖子上的金鈴，誰能解下來？"眾和尚不知如何作答。

④ 法燈恰好從外面進來，法眼就問他同樣的問題，法燈回答說："繫鈴的人能解下來。"

⑤ 從此，誰也不敢再輕視他了。

# 過河拆橋

過了河就把橋拆了。比喻達到目的後，便把幫助過自己的一方一腳踢開。

謎語：喬木

① 元朝有位書生名叫許有壬，非常勤奮好學。

② 在成功通過了科舉考試後，從此在仕途上步步高升。

③ 後來，許有壬反對元順帝廢除科舉制度。

你是通過科舉考試升上來的，現在竟然是第一個接受詔令，真是過河拆橋啊！

④ 於是在元順帝下廢除科舉詔書的時候，故意讓許有壬跪在最前面聽。事後，許有壬受到同僚的譏諷。

311

# 道聽途説

道、途：路。從路上聽來的話，在路上傳播。泛指沒有根據的傳聞，或輾轉聽得的小道消息。

① 古時齊國有個人叫毛空，愛聽那些沒有根據的傳説。

一隻鴨子一次下了一百個蛋。

② 一次，毛空向艾子説一個消息，但艾子不相信。

③ 毛空又説："上個月，天上掉下一塊肉有三十丈長，三十丈寬。"艾子還是不信。

你説的那隻鴨是誰家養的？天上掉下的肉掉在了甚麼地方？道聽途説是不道德的行為。

④ 艾子質疑鴨和肉的來歷。毛空説："我是從街上聽來的。"艾子就説："道聽途説是不道德的行為。"

# 禍從天降

降：落下。形容意想不到的災禍突然臨頭。

謎語：遇見女媧半為神

① 戰國時期，齊國大夫晏嬰為官清正，輔佐了靈公、莊公、景公三代國君。

② 景公十分喜愛晏嬰，常與他長談，兩人如同好友。

③ 晏嬰病逝時，景公正在外地，聽說後立刻趕了回來。

④ 景公大哭不止，説："現在上天給齊國降下大禍，齊國的百姓以後靠誰呢？"

# 寡不敵眾

寡：少。敵：抵擋。眾：多。人少的一方抵擋不住人多的一方。

清兵逼近揚州，我命令各地鎮守的將領速來揚州救援。

① 南明政權的兵部尚書史可法為抵抗清軍進攻，坐鎮揚州指揮抗敵。

報！外鎮沒有一個發兵來救。

我們只有依靠揚州軍民的力量孤軍奮戰了。

② 後來清軍重兵圍困揚州城，各鎮救兵卻遲遲沒有到達。

雖然敵眾我寡，我們也要同心協力，誓死抵抗，決不投降！

③ 清軍勸史可法投降，但史可法誓死抵抗。而城裏有些膽小的將領則偷偷帶兵出城投降，導致城內守衛力量更加薄弱。

拚命抵抗，保衛揚州，一直戰鬥到最後一個人！

④ 史可法帶領軍民多次打退清軍進攻，可惜最終因寡不敵眾，揚州城陷落，史可法犧牲。

# 實事求是

是：正確，指客觀事物的內部規律。指根據客觀實際求索真知。也指按照事物的實際情況實實在在辦事。

① 漢景帝之子、河間王劉德治學扎實，總是根據實例求證真相。

② 他虛心好學，整理了很多古人的著作。

③ 他從民間得到好書後，親自抄寫一份後再將原書還給原主，同時還贈以金銀。

④ 劉德踏實做學問的態度受到時人的好評。

# 對牛彈琴

比喻對不懂道理的人講道理，或對外行人說內行話，用來諷刺講話、寫文章、做事不看對象。

① 東漢學者牟融常宣講《詩經》，然而大家都不理解，於是牟融講了一個寓言。

② 音樂家公明儀善於彈琴，能彈奏高雅的曲子。一天，他對着牛彈了一首優美的曲子，牛卻沒有反應，依舊埋頭吃草。

③ 但當他改彈像蚊子、牛蠅和小牛叫喚的聲音，牛就搖着尾巴，豎起耳朵聽起來。

④ 所以，牟融得出結論，對不懂《詩經》的人談論《詩經》，等於對牛彈琴。

# 對症下藥

症：病症。根據患者的病情開藥方。比喻針對問題的癥結所在，做恰當處理。

謎語：門前種竹已有　日

① 華佗是東漢末年傑出的醫學家。一次，官員倪尋和李延兩人都請華佗來診治。

② 華佗為二人仔細診斷後，為他們分別開出不同的藥方。

③ 華佗告訴他們，因為二人的病因不同，治療的藥方當然就不同。

④ 二人依照華佗的藥方服藥後，病都好了。

# 旗鼓相當

旗、鼓：指古代作戰時，指揮進退轉移的軍旗、戰鼓。

相當：不相上下。指作戰雙方勢均力敵。比喻事物的兩方實力或能力不相上下。

謎語：東施其人

① 劉秀建立東漢王朝後，公孫述和隗囂還佔據蜀、隴兩地，並不斷發生戰爭。

② 劉秀任命隗囂為西川大將軍，借此限制公孫述的勢力擴張。

③ 一次隗囂幫助漢軍打敗與公孫述有勾結的呂鮪之後，向劉秀寫信邀功。

④ 劉秀回信說："我希望憑藉將軍你的力量，能和他旗鼓相當。"

# 滿招損，謙受益

自滿會招致損失，謙虛能得到益處。

謎語：手持一口刀

① 上古時期，帝虞舜看到苗人不肯歸降，就派禹率兵去征服。

大家都看到了，現在苗人輕視賢者，重任小人，昏庸無道。我們兵多將廣，步調一致，一定會大獲全勝。

② 禹出征前召開動員大會。

這究竟是怎麼回事兒啊？

③ 但事與願違，出兵一個月，苗人的反抗更加激烈。大家都不明白。

你和帝虞舜的想法有些偏頗，所謂"滿招損，謙受益"，征服是要以德服人才對啊！

④ 後來，有個名叫益的人指點禹，禹聽後茅塞頓開，決定撤軍。

319

# 滿城風雨

形容風雨交加的景象。也比喻消息傳遍各處，人們議論紛紛。

① 宋朝有個叫潘大臨的讀書人善於作詩。

② 聽到樹林中的風雨聲，觸發了他的靈感。

③ 他在詩中寫道："滿城風雨近重陽。"

④ 這時催租人進來，擾亂了他的思緒。

⑤ 他把這句詩寄給了朋友，信中感歎："雖然秋天的景物件件都可寫出好詩句，但可惜被俗氣所遮蓋了，只有這一句奉贈予你。"

# 盡忠報國

竭盡忠心，不惜犧牲一切來報效國家。

① 北周宣帝時期，御史大夫顏之儀經常勸諫宣帝施仁止暴。

② 顏之儀犯顏直諫，受到宣帝冷落，甚至要除掉他。

③ 宣帝死後，朝中大臣劉昉、鄭譯偽造宣帝遺詔讓楊堅做丞相輔佐小皇帝治理國家。

④ 顏之儀極力反對，誓死要盡忠報國，被楊堅貶到西疆當郡守。但楊堅做了隋文帝後還是讚揚獎賞了顏之儀。

# 盡善盡美

盡：達到極點。形容事物完美無缺。

謎語：三人兩方田

① 春秋時期，魯國發生內亂，孔子到附近的齊國避難。

韶樂是天下最美的音樂！

② 孔子在齊國時，欣賞到最美妙的韶樂，大受感動，整天想着韶樂，連吃肉都感覺不到肉味。

《武》也是很美的音樂，但氣派和意境不如《韶》。

③ 後來，孔子又欣賞了周武王時的音樂《武》。

韶樂真是盡善盡美呀！

④ 孔子認為，韶樂韻律極美，感人的作用極善。

# 管中窺豹

管：竹管。指從竹管的小孔中看豹，僅能看到豹身上的一塊斑紋。比喻所看到的只是事物的一小部分。常與"略見一斑""可見一斑"連用，比喻從觀察到的一部分可推知全貌。

① 晉朝王獻之自幼隨父王羲之學習書法和繪畫。

好聰明的孩子！

② 王獻之聰明過人，深得父親的喜愛。有人請王獻之題字，獻之不小心弄污了畫面，就趁勢畫了頭黑色的牛。

這孩子是管中窺豹，看問題太片面。

在南面的要輸了。

③ 一次，王羲之的門生在玩樗蒲遊戲（樗蒲遊戲，是中國東漢至唐朝時期流行的棋類遊戲。），王獻之在旁觀看並輕率議論輸贏，當場受到譏諷。

我就不應該和你們摻和在一起。

④ 王獻之非常生氣，後悔不該看別人遊戲而且輕易發言，於是拂袖而去。

# 精衛填海

精衛：古代神話中的鳥名。精衛口銜石頭想把大海填滿。
比喻意志堅強，矢志不移。

謎語：丟了木刻刀

① 傳說，炎帝的女兒女娃經常到東海去游泳。

② 一天，她不幸被大海吞噬了，死後化身為精衛鳥。

③ 精衛鳥形狀像烏鴉，頭部有花紋，白嘴紅腳。雖然弱小，但決心要同大海進行鬥爭。

④ 精衛鳥每天都從西山叼回石子和木棍，決心把大海填平。

# 網開一面

把捕捉鳥獸的網打開一面。比喻給人留條生路。

謎語：水泡饅頭

① 夏朝末年的一天，商湯遇到了一位捕鳥人。

② 捕鳥人在地上張開四面大網，口中唸唸有詞說：“不論天上飛的，還是地上跑的，都快到我的網裏來吧。”

你這樣會把鳥獸都捉光的，應該把網撤去三面，留下一面行了；並且，口中要這麼說，能飛就飛上天吧，能在地上跑就跑吧，既不能飛也不能跑就到網裏來吧。

③ 商湯勸說捕鳥人不要把鳥獸都捉走。

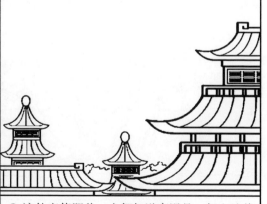

④ 這件事傳開後，人們知道商湯是一個心地慈善的人，都衷心地擁護他，幫助他推翻了夏朝，建立了商朝。

# 聞雞起舞

聞：聽到。聽到雞叫就起牀舞劍。比喻有志向的人勤勉奮發。

① 東晉名將祖逖和劉琨，年輕時情同手足。

② 他們發誓將來要報效國家。

③ 祖逖每當在半夜聽到荒雞啼叫，就踢醒劉琨一起起牀舞劍，鍛煉殺敵本領。

④ 後來，祖逖在外敵入侵時，領兵北伐收復了大片失地，使北方的敵人再也不敢進犯了。

# 裹足不前

把腳裹纏起來不再前進。形容因害怕或有所顧慮而不敢前進。

謎語：課後再添衣

① 戰國末期，楚國人李斯很有才識，深得秦王嬴政的賞識。

② 秦王的宗室大臣紛紛勸説秦王："從各諸侯國來的人，大都是離間秦國的間諜，一定要趕走他們。"

③ 於是李斯上書秦王：秦國如排斥非本國的客卿，各國的賢才就都裹足不前，秦國就招納不到天下賢士，無法建立大業了。

④ 後來，秦王接受了李斯的勸告，撤回了逐客令。

# 賓至如歸

賓：客人，來賓。至：到。歸：回家。賓客到此如到家。
形容招待客人十分熱情周到。

① 春秋時期，鄭國大夫子產訪問晉國。

② 晉平公擺架子，不肯接見他。子產就以馬車
出入不便為由，將所住賓館的圍牆拆掉。

從前晉文公做盟主的時候，諸侯來訪就像到了家
裏一樣，而現在賓館的門口窄小得連馬車也進不
去了。客人來了不知道甚麼時候才能被接見。

③ 晉國大夫士文伯因此責問子產，子產立即反
駁。

④ 晉平公聽後，立即向子產道歉，並叫人修復
賓館圍牆。

# 鳳毛麟角

鳳毛：鳳凰的羽毛。麟角：麒麟的角。像鳳凰羽毛和麒麟的角那樣稀少。比喻珍貴而稀少難得的人才、時機或事物。

謎語：魚吐水泡

① 南朝時期詩人謝靈運的孫子謝超宗很有才華，他擔任新安王劉子鸞的常侍，寫的文章十分精彩。

謝超宗真是獨有鳳毛，此文竟像謝靈運再世所作！

② 晉孝武帝讀後向謝莊等人誇讚謝超宗。

寶貝啊！

③ 可是右衛將軍劉道隆聽了孝武帝誇謝超宗有鳳毛，就誤以為他真有鳳凰的羽毛。

怎麼沒有呢？

④ 於是到謝家尋找，找了半天甚麼也沒找到，他哪知道孝武帝其實是誇獎謝超宗的才華是鳳毛麟角。

# 墨守成規

墨守：戰國時墨翟善於守城，後稱善守為"墨守"。成規：指現成的、陳舊的或通行已久的規定。指思想保守，不求改進，守着老規矩不放。

謎語：黑字去掉下頭

① 戰國時期，楚國要去攻打宋國，魯班為楚軍設計了攻城的雲梯。

② 而墨翟主張"兼愛"與"非攻"，極力勸楚王不要出兵，楚王不聽。

我設計了簡單的模型，讓魯班來攻，看他的雲梯有多大能耐。

③ 墨翟善於防守，於是要與魯班演習比試一下。讓楚王放棄出兵。

④ 演習中魯班多次使用不同的方法進攻，卻都被墨翟防守住。

我決定不出兵了。

⑤ 楚王只好放棄了攻打宋國的念頭。

⑥ 由於墨翟善於守城，人們稱之為"墨守"，後演化為"墨守成規"。

# 數典忘祖

數：數說，列舉。典：古書上的故事。比喻忘掉自己本來的情況或事物的本源。也比喻不了解本國歷史。

謎語：共同來，缺一口

請！

① 春秋時期，晉國大夫籍談出國訪問周朝。

你們晉國為甚麼不給我帶貢品？

② 周景王看到籍談兩手空空，非常不高興。

據我所知，你們周王室也沒有賜給我們甚麼呀！

③ 籍談馬上辯解。

哼！你們從祖先唐叔開始就不斷地受到我們的賞賜，你身為晉國司典的後代竟然不知道，真是數典忘祖。

④ 周景王非常憤怒，責備籍談的無知。

# 樂此不疲

樂於此事，不知疲倦。形容對某事特別愛好，以至沉浸其中。

謎語：清除礫石

① 東漢光武帝劉秀即位後，決心中興漢室，勵精圖治。

② 每天天亮以前，他就上早朝，日落才回後宮，可以説是日理萬機。

③ 太子見父親如此辛苦，就勸他注意健康養生，適當休息。

④ 劉秀聽後淡淡一笑：“我自樂此，不為疲也。”

# 樂極生悲

極：到達頂點。快樂到極點，就會發生悲哀的事情。

① 戰國時期，齊威王經常飲酒作樂不理朝政。

先生要喝多少酒才會醉呢？

② 一次齊威王請大臣淳于髡喝酒。

在不同的場合、不同的情況下酒量會變化。有時喝一斗就醉，有時喝十斗醉。

③ 於是，淳于髡知道齊王又要徹夜飲酒了，就用隱語勸他。

酒喝到極點就可能亂了禮節；快樂到極點就可能發生悲傷的事情。所以說酒極則亂，樂極則悲。

④ 淳于髡的一席話讓齊威王心服口服。

# 標新立異

標：揭示，表明。立：建立。異：與眾不同。提出與一般不同的新奇的見解或主張。也形容敢於革新創造的精神。

① 東晉時期，建康白馬寺有一位叫支道林的和尚深諳佛經義理，其他和尚都自歎不如。

你對佛經的分析獨樹一幟，我等均不及你。

② 一次，支道林與名流學士在白馬寺談論《逍遙遊》，有人認為郭象和向秀的註解是最權威的。

當朝名家郭象和向秀對《逍遙遊》的註解是最權威的！

③ 支道林認為其他人的見解都沒有新意，於是把自己對《逍遙遊》的見解講給大家聽。

你們對《逍遙遊》的見解都無新意。

④ 事後，支道林以獨到的見解為《逍遙遊》重新作註，賦予它新意。

郭象和向秀的解釋遠不及你，你對《逍遙遊》的解釋才是最最權威的！

⑤ 後來人們也借鑒了支道林的一些看法來解釋莊子的《逍遙遊》。

你的新見解，眾人都很驚異，細想又覺得頗有道理。

研究學問就是要標新立異。

# 歎為觀止

歎：讚賞。觀止：看到了盡頭。讚美看到的事物好到極點，無以復加。

謎語：多了半截

① 春秋時期，吳國公子季札出使魯國，魯國國君請季札觀賞天子之樂。

② 樂工首先演奏了《周南》、《召南》，然後是《小雅》、《大雅》，再接着是《魯頌》、《商頌》。

③ 季札對每種音樂、舞蹈都有精要的評論。

太美妙了，觀止矣！看了它，別的再也不想看了。

④ 當演奏到舜樂《韶箾》的時候，季札就已經知道這是最後一個節目了，就讚歎起來。

335

# 熟能生巧

熟練了就能產生巧妙的辦法。

① 宋代陳堯咨擅長射箭，沒人能與他相比，因此很驕傲。

② 有一天，他在自家園子裏射箭，一個賣油的老翁在一邊觀看後說："這算不了甚麼。"陳堯咨心裏很不高興。

③ 這時，老翁拿起油葫蘆，葫蘆口上放一枚銅錢，然用勺子舀油往葫蘆裏倒。油倒完了，銅錢上沒沾一點油。

④ 老翁說："做任何事情都是熟能生巧。"陳堯咨聽後十分慚愧，從此更加努力地練射箭，再也不誇耀自己的箭術了。

# 談何容易

原指向君主進言不是件容易的事。後來指事情做起來並不像說的那麼簡單。

謎語：讓人認可

① 西漢東方朔的文章中記載：吳國有位叫非有的人，做了三年官，卻從不發表意見。

談何容易啊！……

② 一天，吳王對非有說："你就談談吧，我一定洗耳恭聽。"

夏朝的關龍逢和商朝的比干都是由於直言規勸而被殺。向君主發表意見可不是簡單的事。

③ 非有舉例說明，對君主發表意見不是簡單的事情。

④ 後來，東方朔用這個故事勸漢武帝要多聽下層官員的諫言。

# 論功行賞

論：衡量，評定。行：執行。賞：獎賞。根據所評定的功勞大小，給予各自的獎賞。

謎語：遷入一口

朕要論功行賞。蕭何功勞最大排第一位，封為酇侯，給最多的封戶。

曹參身受七十處傷，攻城奪地功勞最多，應該排第一位。

① 劉邦當上皇帝後，要對打天下的功臣們評定功績、給予封賞，但群臣有爭議。

曹參雖然有轉戰各處、奪取地盤的功勞，但這是一時的事情。

② 這時，關內侯鄂千秋贊成劉邦的想法，於是替劉邦反駁群臣。

楚漢在滎陽對壘數年，全靠蕭何為漢軍補充給養，這是萬年的功勳。

③ 鄂千秋説，當軍中沒有口糧的時候，是蕭何用車船運糧，保證了整個戰爭的勝利。

怎麼能讓曹參一時的功勞凌駕在蕭何的萬事功勛之上呢？

還是按朕説的辦！

④ 於是劉邦確定蕭何為第一位，特許他帶劍上殿，上朝時可以不按禮儀小步快走。

# 賠了夫人又折兵

賠、折：損失。比喻想佔便宜，反而受到雙重損失，連本兒也賠了進去。

謎語：打破常規，消除偏見

① 三國時期，孫權想從劉備手中取回荊州，周瑜為孫權設想計劃：假借將孫權妹妹許配給劉備，騙劉備來東吳扣為人質。

② 劉備聽從諸葛亮的安排來到東吳，娶了孫權的妹妹孫尚香，還帶着新娶的夫人逃出東吳。

③ 在劉備過江逃跑的時候，周瑜率領大軍攔截，但攔截沒有成功。

周郎妙計安天下，賠了夫人又折兵！

④ 結果劉備抱得美人歸，且讓周瑜的兵馬遭到損失，又保住了荊州。

# 駕輕就熟

駕駛着輕便的車走熟悉的路。比喻對某事有經驗，熟悉情況，做起來容易。

謎語：馬達加斯加

① 唐朝時期，御史大夫烏公希望招納有才能的人來輔佐自己辦理政事。

② 他經常讓屬下、侍從推薦有才能的人，有個侍從就為他推薦了一位名叫石洪的處士。

③ 侍從說，石處士無論為人還是處事都能夠明辨是非功過，處理事情非常得當。

④ 烏公認為石處士確實是個有真才實學的人才，就按照禮儀把他招入自己的府署。

# 樹欲靜而風不止

樹想要靜下來，風卻不停地颳得它亂晃。比喻客觀情況不以主觀的意志為轉移。

謎語：一言折服

① 春秋時期，有一次孔子帶學生們出遊，忽然聽到悲切的哭聲。

② 走近一看，原來是一個叫皋魚的人在路邊哭。

> 我年輕時酷愛讀書，各處遊學。回來時，父母已死，我耽誤了奉養雙親的機會，真是"樹欲靜而風不止，子欲養而親不待"！為此我很傷心。

③ 孔子問皋魚為甚麼如此痛哭，皋魚深悔當初父母在世時未能好好服侍，現在後悔已來不及了。

# 燃眉之急

像火燒眉毛一樣緊急。比喻情勢十分急迫。

謎語：失火後安然不動

① 傳說，明朝李開先妹妹家裏十分貧窮，全靠做針線活兒掙錢糊口。

② 一天，李開先到妹妹家，看到妹妹枕邊放着一雙繡花鞋。

③ 李開先問道："這是誰做的？給誰做的？"

④ 妹妹答道："是我做的，準備賣了以解家中燃眉之急呀！"

# 獨當一面

獨：單獨，獨自。當：擔當。單獨指揮軍隊，對戰一面的敵人。
後泛指單獨承擔一方面的工作任務。

謎語：鋼刀斷金

① 楚漢相爭，漢王劉邦攻佔彭城，卻遭遇項羽突襲，漢兵大敗。

② 彭城一敗，損失慘重，劉邦立誓，誰能與他一起打敗項羽，就把關東土地分給他。

③ 謀士張良向劉邦推薦了大將韓信。

④ 劉邦也贊成，於是接受謀士張良的推薦，派韓信到黃河以北開闢戰場，果然取得了節節勝利。

# 磨杵成針

杵：舂米、捶衣或搗東西用的棒槌。將一根鐵杵磨成針。
比喻只要有毅力，有恆心，肯下苦功，即使是很難的事
情最後一定能取得成就。也作"鐵杵磨成針"。

① 唐代詩人李白有很多傳說傳世。其中就有流傳
李白小時候很貪玩，經常逃學。

老婆婆，你在幹甚麼呀？

我在磨繡花針呢？

② 一天，他跑到小溪邊，看見一位老婆婆手裏
拿着一根鐵棒在石頭上磨，十分奇怪。

只要功夫深，鐵杵磨成針。

③ 老婆婆的話使李白深有感悟。

④ 從此以後李白刻苦用功，終於成為一名大詩
人。

# 錦囊妙計

錦囊:用織錦做成的小袋子。舊指善用計謀的人常把應付事變的辦法預先寫好放進錦囊裏,交給有關人員,使其在發生緊急情況時,拆開錦囊,按計行事。現比喻能解決緊急或困難問題的好辦法。

謎語:小姑娘

我們以招親為名把劉備騙來,用他換回荊州。

① 三國時期,孫權與周瑜得知劉備妻子去世,於是順勢定下奪回荊州的計謀。

主公只管去娶媳婦,我保你平安無事。

② 劉備不願去冒險,而諸葛亮卻極力促成此事。

趙將軍,這三個錦囊中各有一條妙計,關鍵時再看,保證萬無一失。

③ 其實,諸葛亮早已經識破孫權的計謀,於是向趙雲交代:

④ 趙雲依照諸葛亮的計劃,保護劉備順利成親,並偕新夫人安全回到荊州。

# 舉案齊眉

案：古代端食物用的木盤子。用以形容夫妻恩愛，相互尊重。

謎語：移載按樹

① 東漢時期，有個叫梁鴻的人，博覽群書，品德高尚。許多人想把女兒嫁給他，都被梁鴻謝絕了。

② 有一女子孟光拒絕了許多人的求婚，三十歲時如願嫁給了梁鴻。

③ 後來梁鴻因在一首詩中觸犯了漢章帝，夫妻倆移居到吳中。

④ 梁鴻每天工作後回家，孟光總是高舉飯盤與眼眉平齊，恭恭敬敬地伺候丈夫。時人評說："梁鴻給人做僱工，而能使妻子如此恭敬，他真不是凡人啊！"

# 勵精圖治

勵：鼓勵，使振作。圖：謀求。治：治理。振奮精神，想方設法治理好國家或地方。

謎語：拐彎到台灣

臣認為陛下應該削弱霍氏在朝中的權力。

① 西漢時期，漢宣帝即位，霍光掌握朝中大權，胡作非為。大夫魏相為國家前途擔憂。

據線人消息，霍家想假借太后之名，殺掉魏相，然後再廢掉陛下。

② 霍氏家族知道魏相的話，感到害怕和怨恨，於是伺機進行反撲。

掃除了霍家的障礙，我才當上了真正的皇帝！

③ 漢宣帝在緊急關頭決定先行一步採取了行動，將霍氏家族滿門抄斬。

陛下勵精圖治，大展宏圖，國家已呈現出繁榮祥和的景象。

這全靠魏相和百官的支持。

④ 從此宣帝親政，日理萬機；魏相則率領百官恪盡職守，輔佐宣帝。

# 舉棋不定

舉：拿起。拿起棋子不知怎麼走好。比喻做事猶豫不決、拿不定主意。

① 春秋時期，衛國大夫寧殖和孫林父驅逐了驕奢殘暴的衛獻公，另立公孫剽為國君。

② 寧殖在臨終前囑咐兒子寧喜把衛獻公迎回來。

下圍棋的人如果舉棋不定，就一定會輸。你對獻公復位之事沒有主見，一定會遭到禍殃。

③ 寧喜遵照父親遺囑，幫助衛獻公復位。但大夫大叔儀卻警告寧喜。

④ 寧喜果然被復位后的衛獻公殺了。

# 濫竽充數

濫：不切實的。竽：古代一種吹奏樂器。不會吹竽的人混在樂隊裏充數。比喻沒有本領的人混在行家裏湊數或以次充好。有時也作自謙之詞。

① 古時候，齊宣王喜歡聽吹竽演奏，特別是三百人的大合奏。

② 有位南郭先生不會吹竽，但他看到吹竽的薪水高，就冒充高手混進樂隊。

③ 不久，齊宣王死了，他的兒子湣王繼位，也喜歡聽吹竽演奏，但喜歡獨奏。

④ 南郭先生一看要露餡兒，趁人不備溜走了。

# 罄竹難書

罄：用盡。竹：指可供製成竹簡的竹子，古代用竹簡寫字。
書：寫。把竹子用盡也寫不完。形容罪惡多得難以寫完。

① 隋朝末年，李密在風起雲湧的反隋鬥爭中，投奔了翟讓領導的瓦崗起義軍。

② 後來李密幫助瓦崗軍壯大了隊伍，取得了很大勝利，成為了瓦崗軍首領。

③ 不負眾人所望，李密建立了政權，就發出討伐隋煬帝的檄文（檄文是古代用於聲討、揭發罪行等的文書。現在也指戰鬥性強的批判，聲討文章。）列舉隋煬帝十大罪狀。

④ 這篇號召百姓推翻隋煬帝統治的檄文震動了整個中原，瓦崗軍聲勢更加壯大。

# 螳螂捕蟬，黃雀在後

蟬：知了。螳螂正要捕捉知了，不知道黃雀在後面正要啄牠。比喻一心只想害別人，而自己也正在遭人算計。也比喻只圖眼前利益，而不知道背後即將來臨的禍患。

謎語：也不沾邊

① 春秋時期，吳王準備進攻楚國，左右的人勸阻，他都不聽。

② 吳王的一個侍從便帶着彈弓天天到後花園去，想讓吳王看到。

③ 侍從說，他正準備用彈弓打那隻躲在螳螂身後的黃雀。

④ 吳王聽了侍從的話，連稱有道理，於是便不去攻打楚國了。

# 鞠躬盡瘁，死而後已

鞠躬：屈身表示恭敬。盡瘁：竭盡心力。已：停止。指小心謹慎，盡心竭力地貢獻自己的一切，直到生命完結。

① 東漢末年，劉備三顧茅廬，請諸葛亮出山。

② 諸葛亮幫助劉備建立了蜀國。

③ 劉備死後，諸葛亮又輔佐繼位的劉禪。

④ 諸葛亮在《後出師表》中表示，自己一定要"鞠躬盡瘁，死而後已"。

# 點睛之筆

筆：文筆。指文章或繪畫傳神絕妙之處，或指點明要旨的精闢語句。

① 東晉時期，南京瓦官寺要修建，僧侶卻因無錢，眼見修建計劃泡湯。

捐一百萬錢！

② 沒錢的畫家顧愷之竟然慷慨地認捐一百萬錢。

頭一天來看點睛的人，捐錢十萬，第二天五萬，第三天隨意捐。

③ 原來，顧愷之用了一個月的時間在寺裏牆上畫了一幅"維摩詰居士像"，只差眼珠沒點。為了點睛，顧愷之定了幾個規矩。

④ 果然，點睛之日，顧愷之當眾起筆點睛，畫像彷彿頓時變活了。民眾聞訊趕來，於是當初顧愷之認捐的一百萬錢很快就湊齊了。

# 覆水難收

覆：翻倒。倒在地上的水，難以收回。比喻事已成定局，
無法挽回。常用以比喻夫妻關係破裂，難以重新和好。

謎語：先行收復西安

我這輩子再也不跟你這窮鬼過了！

① 足智多謀的姜太公未遇到周文王前，生活拮据，他的妻子馬氏不堪貧困，就離開了他。

夫君，咱們重歸於好吧。

讓我取盆水來。

② 後來，姜太公做了周文王的軍師，富貴顯赫，馬氏就想和他恢復夫妻關係。

能把倒在地上的水全部收回盆中嗎？

這，這怎麼可能收回來呀！

③ 姜太公把一盆水全潑到地上。

這就好比倒出去的水，再難以收回了。

④ 姜太公說："你既然離開我，就很難重歸於好。"

# 雙管齊下

管：指筆。齊：同時。原指兩手同時握筆作畫。現比喻兩種方法同時使用，或兩方面工作同時進行。

謎語：跑了一圈

① 唐朝有個名叫張藻的著名畫家，所畫的山水松石受人喜愛。

② 他作畫的方法非常特別：能手握雙管同時書寫。

③ 他畫松樹時，可以一手畫生枝，一手畫枯幹；生枝潤含春澤，枯枝則慘如秋色。

④ 凡是見過他作畫的人，都十分佩服他雙管齊下的本事。

# 騎虎難下

在老虎的背上難以下來。比喻做事遇到困難，但迫於形勢又不能中途停止，只好硬幹到底。

謎語：半筐棗

我們一致推薦荊州刺史陶侃為盟主，討伐叛軍。

謝謝溫刺史讓我擔負重任。

① 晉成帝時期，有兩位將領借故率軍攻入都城，控制了朝廷。於是江州刺史溫嶠等人起兵討伐叛軍。

叛軍太強大，而我們缺人缺糧，我幹不了，打算帶本部人馬回家。

② 由於叛軍人多而強大，陶侃接連打了幾個敗仗，就產生了逃避情緒。

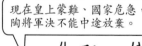

現在皇上蒙難、國家危急，陶將軍決不能中途放棄。

③ 溫嶠說："我們代表正義，定能以寡勝眾，戰勝有勇無謀的叛軍。"

現在我們就如騎在猛獸身上下不來，如不能打死牠，就反會被牠傷害。

④ 溫嶠還講明了絕不可放棄的道理。

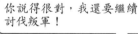

你說得很對，我還要繼續討伐叛軍！

⑤ 陶侃重新制訂了作戰計劃，最終消滅了叛軍。

# 攀龍附鳳

攀：抓住東西往上爬。附：依附。比喻巴結或投靠有權勢的人。

謎語：籬笆之下伸出手

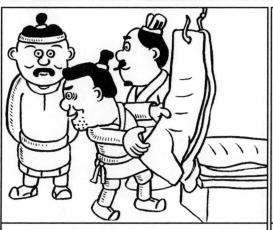

① 漢高祖劉邦曾經在家鄉沛縣擔任亭長，那時的劉邦與肉販樊噲情同手足。

② 後來，劉邦起義反抗秦朝。

③ 這時，不僅樊噲，就連絲綢商販灌嬰、小吏酈商等人都來投奔劉邦。他們為劉邦出謀獻策，出生入死，雖出身低微，但卻是劉邦的得力助手。

④ 於是，班固在《漢書》中形容樊噲等人，雖出身低微，但由於能"攀龍附鳳"（攀附天子劉邦），所以後來就平步青雲了。

# 識時務者為俊傑

時務：指當前形勢或時代潮流。俊傑：才幹出眾的人，傑出的人物。指能認清形勢或時代潮流，才是聰明人或英雄豪傑。

謎語：冬至半着綿

① 東漢末年，劉備和司馬徽談論時事。

"識時務為俊傑"，如這裏的臥龍、鳳雛二位先生就是。

② 司馬徽認為一般讀書人很難做到"識時務"。

③ 劉備問"臥龍"和"鳳雛"分別是誰？

④ 司馬徽告訴他：就是諸葛亮和龐統二人。

358

# 難兄難弟

謎語：滴滴涕

① 東漢時期，陳元方、陳季方兩兄弟道德高尚、才華橫溢，均被朝廷重用。

② 他倆的兒子也都為自己的父親感到自豪。

③ 究竟誰的功德更高卻難以斷定。

④ 他們的爺爺陳寔為官時既廉政清明又教子有方，他的回答也令兩個孫子十分滿意。

# 鵬程萬里

謎語：皇后求和

鵬：傳説中的大鳥。程：路程。大鳥一次飛行的路程可達萬里之遙。比喻前程遠大。也作"萬里鵬程"。

① 傳説，古代在遙遠的北方有條大魚，身長幾千里，名叫鯤。

② 後來鯤變成鳥，名叫鵬。牠的脊背似泰山，展翅宛如遮天的烏雲。

③ 大鵬鳥盤旋向上，乘着旋風一下子就可以飛出九萬里。

小小雀兒怎知我鯤鵬之志呀！

我在蓬蒿叢中飛來飛去，自由自在，何必像你那樣飛得那麼高遠？

④ 有隻小雀兒不理解大鵬的志向，看見大鵬在高飛就笑話牠。

# 顧左右而言他

左看看右看看，有意避開話題。形容不願意正面回答問題而支支吾吾的樣子。

謎語：兒溺湖中

您有個臣子把妻兒託付給朋友，自己去楚國辦事。等他回來的時候，妻兒卻在捱餓受凍，應該怎樣對待這個朋友？

① 一次，孟子與齊宣王談論政事，他先從身邊事說起。

和他斷交。

② 齊宣王不假思索地回答了他。

罷免他！

③ 孟子又問："監獄官不能管好部下，那該怎麼辦？"

今天晚飯吃甚麼呢？

一個國家沒有治理好，那該怎麼辦呢？

④ 孟子進一步提問，齊宣王無言以對，只好看看左右，談點別的事。

# 顧名思義

顧：看。看到名稱就會聯想到它的含義。

謎語：出金相助

① 三國時期，王昶為人謙和正直，注重名節。

② 王昶採用有着道家、儒家思想內涵的字詞為兒子們取名。大兒子名渾、字玄沖，二兒子名深、字道沖。

為使你們守身行事，而起這樣的名字，你們要從名字想到它的含義。

③ 王昶到外地工作，經常給兒子們寫信，信中都會提醒兒子們牢記自己名字的含義。

④ 兒子王渾、王深不忘父親教誨，長大後成為了清正廉明的官員。

# 權宜之計

權：暫且。宜：適宜。指為了應付某種情況而暫時採取的變通的辦法。

① 東漢末年，董卓率軍進入洛陽，廢掉漢少帝，立九歲漢獻帝，竊居相位，權勢煊赫一時。

② 王允用連環計使呂布殺死董卓。

③ 王允以為天下太平，做事"不循權益之計"，不善變通，好多部下對他疏遠了。

④ 不久，董卓部下殺回長安，趕走呂布，殺死王允。

# 驚弓之鳥

受過箭傷，聽到了弓聲就嚇壞了的鳥。比喻受過驚嚇或打擊後，心有餘悸的人。

謎語：贈我一隻鵝

① 戰國時期，魏國有位神射手，名叫更嬴，玩得一手好箭。

大王，有下酒菜了。我不用箭就能把大雁射下來！

② 一次他和魏王出去狩獵，看見一群大雁飛過。

用聲音也能射大雁？

嘣

③ 果然，更嬴只拉了一下弓弦，一隻大雁便應聲落地。

這是一隻受傷的大雁，聽到弓弦聲，受驚而向上飛，舊傷復發，支撐不住就掉下來了。

④ 魏王很驚訝地問更嬴這是怎麼回事。聽了更嬴的解釋，魏王更佩服他了。

# 鷸蚌相爭，漁人得利

鷸：一種長嘴、長腿的水鳥。漁人：捕魚的人。比喻雙方相持不下，而使第三者從中得利。也作"鷸蚌相爭，漁翁得利"。

謎語：中丞（中丞：古代官名）

① 戰國時期，趙國要出兵打燕國，燕國的蘇代對趙惠文王講了一個故事：一隻河蚌張開殼在河邊曬太陽。

② 一隻鷸鳥飛來想啄食蚌肉，蚌猛地把嘴一合，結果鷸鳥的尖嘴被河蚌死死夾住了。

兩天不下雨你就會死掉！

兩天不放你，你就會死掉！

③ 鷸和蚌誰也不讓誰，一直僵持了很長時間。

這回咱倆都完蛋了！

④ 一位漁翁從這裏經過，輕而易舉地把鷸和蚌都抓住了。趙王聽了這個故事後幡然醒悟，取消了攻打燕國的念頭。

# 附錄：

## 全書字謎及謎底

1. 人不厭故（**做**）
2. 吃虧（**飲**）
3. 拓跋氏先後興（拓跋氏：古部族名）（**拔**）
4. 後盾（**目**）
5. 家中殺豬賀得子（**字**）
6. 離人倩影記心懷（**情**）
7. 狗年生女（**威**）
8. 摘下金鈎（**勾**）
9. 一川橫貫，雙峰倒映（**帶**）
10. 有心等回音（**意**）
11. 瞽者無目（**鼓**）
12. 月長日短，年初冬殘（**腹**）
13. 月落鵑飛（**鳴**）
14. 貴在迎頭趕上（**遺**）
15. 無心惹出話來（**諾**）
16. 我來說（**語**）
17. 日見瀑水流（**曝**）
18. 用足一碾（**展**）
19. 三乘七（**生**）
20. 且待二人歸（**俎**）
21. 乳汁半竭（**浮**）
22. 供出一半（**仙**）
23. 以一當十（**士**）
24. 該人已退伍（**五**）
25. 苗上蟊蟲已消滅（**茅**）
26. 夫妻同居，仍缺勞力（**營**）
27. 家中賣豬又買牛（**牢**）
28. 24 小時（**旦**）
29. 勻出一個鐘頭（**鈞**）
30. 遼東烽火熄（**逢**）
31. 寺前僧人去（**增**）
32. 牟利一半（**私**）
33. 月下皇后出逃（**望**）
34. 你我各半（**伐**）
35. 兩口子對哭（**器**）
36. 暈頭轉向（**暉**）
37. 都沒失業（**巫**）
38. 出言荒誕（**延**）
39. 忍心相離（**刃**）
40. 水分陽光充足（**踏**）
41. 一刀砍在牛角上（**解**）
42. 門口相逢（**問**）
43. 禿髮齒落顯頹齡（**領**）
44. 甚有根基（**堪**）
45. 塞北冰半消（**寒**）
46. 潑水不進（**發**）
47. 未見冀北有雲長（**翼**）
48. 底下鋪磚頭（**砥**）
49. 一包饅頭（**飽**）
50. 停步（**趾**）
51. 有心暫離一日（**慚**）
52. 窗前草出芽（**穿**）
53. 國內（**或**）
54. 馬隨轎後（**驕**）

55. 親手扶掖（**夜**）

56. 相逢在前線（**縫**）

57. 與人垂儀（垂儀：做出儀範）（**義**）

58. 城池半殘破（**地**）

59. 知己交心（**忌**）

60. 擇吉結合（**給**）

61. 抽刀對刺（**棘**）

62. 合併一起為一瓶（**瓦**）

63. 摘取一半，消化一半（**滴**）

64. 後代內訌（**試**）

65. 道邊拾兔（**逸**）

66. 原來在江西（**源**）

67. 十八口遷來一半（**速**）

68. 千里走單騎（**奇**）

69. 丟失玉璽（**爾**）

70. 醉後臥花前（**萃**）

71. 拾草（**搭**）

72. 敍述一半（**途**）

73. 祖先猴子變（**神**）

74. 依例開除二人（**裂**）

75. 連日晚點（**兔**）

76. 年初來找水母（**海**）

77. 飯沒熟（**炊**）

78. 先繞一周（**綢**）

79. 兔子耳朵（**聊**）

80. 岷山下（**民**）

81. 可到東阿來（**陳**）

82. 半割牛頭到前帳（**先**）

83. 扣留一半，放跑一半（**抱**）

84. 勿做偽人（**為**）

85. 前額下邊（**各**）

86. 合縱連橫（**舍**）

87. 單身（**合**）

88. 與東鄰交心（**憐**）

89. 預先無備，丟了金釧（**順**）

90. 兩點到西陵（西陵：清朝皇家陵園）（**凌**）

91. 殺豬待客，且來家中（**宜**）

92. 前唐曾用（**庸**）

93. 一隻瞎鳥（**烏**）

94. 半羞半喜（**善**）

95. 扣留一人（**拾**）

96. 鼻尖前頭（**首**）

97. 閨中閑來獨掩門（**桂**）

98. 二十八人都姓于（**茶**）

99. 對手遭挫（**坐**）

100. 入在鏡中（**人**）

101. 先買櫝，後還珠（**株**）

102. 天沒有地有，你沒有他有（**也**）

103. 一直在頭上縈迴（**索**）

104. 十分用心，埋頭苦幹（**恃**）

105. 服裝進口（**哀**）

106. 未見齜牙（**此**）

107. 用心恢復（**灰**）

108. 海峽兩岸（**浹**）

109. 一遍旱，一遍澇（**汗**）

110. 火滅燼冷（**盡**）

111. 拂曉前後（**撓**）

112. 見到右鄰覺陌生（**百**）

113. 進門取走一半（**聞**）

114. 熱門話題（**談**）

115. 先後祭考妣（**老**）

116. 收二人為徒（**走**）

117. 十目所視，為人不正（**盾**）

118. 撕掉兩邊（**其**）

119. 心懷鬼胎（**愧**）

120. 李子丟了（**木**）

121. 靡不有初（**非**）

122. 動手安裝（**按**）

123. 虎皮歪帽頭（**虐**）

124. 春雨連綿（**泰**）

125. 上下交困（**呆**）

126. 消耗一半，分出高下（**毫**）

127. 海菜（**淆**）

128. 落草為王（**弄**）

129. 一直、一撇、一點（**真**）

130. 心有餘而力不足（**忍**）

131. 驅除魔鬼（**麻**）

132. 撤回前頭一部車（**轍**）

133. 省下一半（**自**）

134. 先後見楊妃（**杞**）

135. 語言半通（**誦**）

136. 規勸良人歸（良人：丈夫）（**見**）

137. 一口否定（**不**）

138. 窩頭（**穴**）

139. 國外進口（**回**）

140. 元首掛帥（**師**）

141. 發軔之初（**車**）

142. 需要一半，留下一半（**雷**）

143. 跳水得大獎（**漿**）

144. 前襟剪掉一半（**初**）

145. 佔下位置（**倍**）

146. 刀口最先癒合（**昭**）

147. 一千口刀（**刮**）

148. 盤剝下屬（**般**）

149. 不見岱山（**代**）

150. 始終修邊幅（**逼**）

151. 花掉一半，又貸一半（**貨**）

152. 關雲長看病（**謬**）

153. 撿起一半，剔除一半（**劍**）

154. 街心不許堆土（**行**）

155. 前晌未來（**向**）

156. 左弓右箭（**引**）

157. 蘇北冀中（**苗**）

158. 一半防守，一半進攻（**放**）

159. 引水到沁縣（**懸**）

160. 叛逃一半（**反**）

161. 跑外圈（**卷**）

162. 不降南宋（**杯**）

163. 觸犯一半（**獨**）

164. 遠離鬧市（**門**）

165. 元首（**一**）

166. 半個獨立師（**獅**）

167. 苦中不見有吉事（**喜**）

168. 壽誕備酒（**濤**）

169. 一鈎斜月映篝火（**炙**）

170. 人人都會做箏（**爭**）

171. 恕不關心（**如**）

172. 半生孤獨（**狐**）

173. 屠宰之後，損耗一半（**尾**）

174. 先喜後悲（**志**）

175. 莫要動手（**摸**）

176. 灘前落潮（**難**）

177. 要員先後來一半（**賈**）

178. 偉人雖逝留遺言（**諱**）

179. 走起來後仰（**迎**）

180. 下雪之後（**雨**）

181. 挖土種樹重修寨（**塞**）

182. 幼小無力，恕難關心（**絮**）

183. 抽水泵（**石**）

184. 植樹節（**直**）

185. 醉後磕頭（**碎**）

186. 十分節約得大獎（**將**）

187. 家中添一口（**豪**）

188. 累壞騾子（騾子：馬和驢的雜交後代）（**馬**）

189. 剪刀差（**前**）

190. 用土塑成（**朔**）

191. 梁頭長一米（**梁**）

192. 頻邀客散步（**額**）

193. 關雲長已亡（**翠**）

194. 有人出口供（**哄**）

195. 鋸掉前頭（**居**）

196. 針頭生銹（**秀**）

197. 裁減一半，留下後患（**感**）

198. 有心恢復舊態（**能**）

199. 搶先接旨（**指**）

200. 六斤不足，八斤有餘（**兵**）

201. 有心尋回音（**意**）

202. 手工裝配（**扛**）

203. 張口呼喚（**奐**）

204. 必須再生產（**顏**）

205. 四下尋先輩（**罪**）

206. 克扣一半（**固**）

207. 千里相逢（**重**）

208. 反正兩片嘴，嘴裏道道多（**鼎**）

209. 門縫裏瞧雲長（**翩**）

210. 汲盡清泉（**及**）

211. 始終捏死錢（**殘**）

212. 瓜子（**孤**）

213. 草未出芽候鳥來（**鴉**）

214. 左見鳥難成活，右見鳥是隻鵝（**蛾**）

215. 竹下目睹下葬（**算**）

216. 蟲食韭根（**蜚**）

217. 蟲生樹上化為蝶（**世**）

218. 跪在後頭（**危**）

219. 未見東坡遇安石（**破**）

220. 推出一半（**摧**）

221. 放下一半，拖走一半（**施**）

222. 裁軍一半（**車**）

223. 操刀必割（**害**）

224. 往前走（**徒**）

225. 早上不用澆水（**曉**）

226. 統一為大（**人**）

227. 一口咬下多半截（**名**）

228. 四邊殘缺（**匹**）

229. 禁穿褲頭（**襟**）

230. 落榜之前（**旁**）

231. 半數跳樓（**桃**）

232. 喂一口（**畏**）

233. 狠一點（**狼**）

234. 三十而立已長大（**奔**）

235. 河務冗雜（**沉**）

236. 國際要員（**圓**）

237. 判後記錄（**剝**）

238. 擇吉日命女結婚（**紙**）

239. 先借後輸（**偷**）

240. 不用一點腦，旬日尋不見（**胸**）

241. 添丁進口（**可**）

242. 首先見父王（**釜**）

243. 先烈（**列**）

244. 妻子（**肉**）

245. 嵩山未到（**高**）

246. 問心有愧（**鬼**）

247. 難得開口又收回（唯）
248. 衷心（中）
249. 塞北大河已無水（寄）
250. 絕妙好辭（致）
251. 吳頭楚尾（足）
252. 一言既出，有待兌現（説）
253. 宋字去了蓋，不作木字猜（李）
254. 無力幫助（且）
255. 有心串聯（患）
256. 前後註釋（譯）
257. 拆除石磴（登）
258. 前後披靡（排）
259. 後妃（己）
260. 攤開中間（推）
261. 林海無邊（梅）
262. 見鬼矮半截（魏）
263. 可人（何）
264. 落草亡命（洛）
265. 丟了玉璽得張弓（彌）
266. 水簾洞（同）
267. 西城區（成）
268. 皇上之心（怕）
269. 落幕之後（莫）
270. 發言推後（誰）
271. 創始未成反遭害（割）
272. 澇而又旱（勞）
273. 狗仗人勢（伏）
274. 百裏挑一（白）
275. 阿里山的姑娘（始）
276. 着手打扮（分）
277. 缺乏一撇（之）
278. 明顯為二十（朝）

279. 前期付款一半（欺）
280. 火燒欄木（爛）
281. 正式工退休（武）
282. 熄燈之前（火）
283. 四十一天耕一半（藉）
284. 前後放痰桶（痛）
285. 缺板少眼（相）
286. 線路中斷（絡）
287. 村頭叫賣（檟）
288. 早上勿來（易）
289. 撒手不管（散）
290. 半交朋友（有）
291. 灰帽頭（布）
292. 不守諾言（若）
293. 無人責備（債）
294. 千人一面（任）
295. 半得偷閑（榆）
296. 未來還要進口（味）
297. 勻出半邊地盤（均）
298. 公推雲長出面（翁）
299. 右鄰有個節儉人（險）
300. 一人平反（金）
301. 江邊一隻鳥（鴻）
302. 丟下剪刀尋筆帽（箭）
303. 二人轉（仁）
304. 啞謎（迷）
305. 口渴缺水（喝）
306. 揮手告別（軍）
307. 劈頭闖進來，二人離坐去（壁）
308. 涉水逃跑（步）
309. 兄要一半，父要一半（只）
310. 一弓搭雙箭，一人靠邊站（佛）

311. 喬木（橋）

312. 空襲之前（寵）

313. 遇見女媧半為神（禍）

314. 向陽門第（間）

315. 球王離隊（求）

316. 驢頭狗尾（駒）

317. 門前種竹已有日（簡）

318. 東施其人（旗）

319. 手持一口刀（招）

320. 軸頭半徑（輕）

321. 配合中心（忠）

322. 三人兩方田（僵）

323. 二人窗前相見（窺）

324. 丟了木刻刀（核）

325. 水泡饅頭（漫）

326. 原有一半，又借一半（厝）

327. 課後再添衣（裸）

328. 上頭去下頭，下頭去上頭（至）

329. 魚吐水泡（鮑）

330. 黑字去掉下頭（墨）

331. 共同來，缺一口（典）

332. 清除礫石（樂）

333. 成心得罪一半（悲）

334. 前端（立）

335. 多了半截（夕）

336. 攜弓馳馬去（弛）

337. 讓人認可（何）

338. 遷入一口（足）

339. 打破常規，消除偏見（夫）

340. 馬達加斯加（駕）

341. 一言折服（誓）

342. 失火後安然不動（燃）

343. 鋼刀斷金（剛）

344. 廣南石林（磨）

345. 小姑娘（妙）

346. 移載按樹（案）

347. 拐彎到台灣（治）

348. 賜金一錠（定）

349. 破竹籃打水（濫）

350. 股東吃罐頭，喜上眉梢（馨）

351. 也不沾邊（池）

352. 駝背（躬）

353. 半數有功（左）

354. 先行收復西安（覆）

355. 跑了一圈（卷）

356. 半筐棗（策）

357. 籬笆之下伸出手（攀）

358. 冬至半着綿（終）

359. 滴滴涕（弟）

360. 皇后求和（程）

361. 兒溺湖中（克）

362. 出金相助（鋤）

363. 只需離開一上午（計）

364. 贈我一隻鵝（鳥）

365. 中丞（中丞：古代官名）（水）